뚜깐뎐

푸른책들이 펴낸 〈이용포 작가〉의 책들, 함께 읽어 보세요!

느티는 아프다 (성장소설)

뚜깐뎐 (역사소설)

태진아 팬클럽 회장님 (동화집)

푸른도서관 25

뚜깐뎐

초판 1쇄 / 2008년 10월 30일
초판 8쇄 / 2020년 6월 15일

지은이 / 이용포
펴낸이 / 신형건
펴낸곳 / (주)푸른책들
등록 / 제321-2008-00155호
주소 / 서울특별시 서초구 양재천로7길 16 푸르니빌딩 (우)06754
전화 / 02-581-0334~5 팩스 / 02-582-0648
홈페이지 / www.prooni.com/ 이메일 / prooni@prooni.com
인스타그램 / @proonibook 블로그 / blog.naver.com/proonibook

ⓒ 이용포, 2008

ISBN 978-89-5798-148-1 03810

이 도서의 국립중앙도서관 출판시도서목록(CIP)은 서지정보유통지원시스템 홈페이지(http://seoji.nl.go.kr)와
국가자료공동목록시스템(http://www.nl.go.kr/kolisnet)에서 이용하실 수 있습니다.
(CIP제어번호: CIP2008002805)

(주)푸른책들은 도서 판매 수익금의 일부를 초록우산 어린이재단에 기부하여
어린이들을 위한 사랑 나눔에 동참합니다.

뚜깐뎐

이용포 지음

푸른책들

차례

가랑잎의 노래

1

외눈의 앙상한 달님이
무일푼의 가랑잎에게 공갈을 친다
인내와 복종은
아름답다며
가난을 인내하지 않고
힘에 복종하지 않는 자는 지옥에 떨어질 거라고

가랑잎은 꿰 슬픔의 깊이를 가늠하며
먼 데 물빛 산을 바라본다

〈달 밝은 밤에 가랑잎의 노래를 듣다〉
임인년(壬寅年, 1542년) 정월 보름, '해문이슬'

　　소파에 누워 안경 피시를 켰다. 짧게 두 번, 길게 한 번 눈을
깜박이자 모니터가 켜졌다. 모니터 우측 하단 모서리 부분을 2
초간 응시했다. 현재 날짜와 시간이 나타났다.

　　2044년 6월 21일 11:34:07

눈동자를 옮겨 여러 가지 아이콘이 정렬되어 있는 화면 왼쪽으로 시선을 옮겼다. 영화를 볼까 하다가 음악을 듣기로 하고 음악 감상 아이콘을 응시한 채 눈을 짧게 두 번 깜박여 클릭한 뒤 음악을 골랐다. 이어폰에서 부드럽고 감미로운 음악이 들려왔다. 모니터에서 아름답고 환상적인 영상이 펼쳐졌다. 졸음이 쏟아졌다. 잠이 들면 음악과 영상은 저절로 꺼지고, 방 안의 자동 센서가 수면 상태로 바뀌어 적절한 산소 공급과 습도, 온도 조절에 들어갈 것이다.

그 때였다. 갑자기 화면이 흔들리기 시작했다. 그러더니 축포가 터지고 메시지가 떠올랐다. 영어가 아닌 한글이었다.

한글 창제 600주년 기념!

붉은 글씨가 화면 위로 서서히 떠오르더니 잠시 뒤 글자들이 피를 흘리며 녹아내렸다. 이어서 가슴에 영어라고 쓴 골리앗과 한글이라고 쓴 다윗이 서로 격투를 벌이기 시작했다. 다윗이 골리앗에게 흠씬 두드려 맞았다. 만신창이가 된 다윗이 쓰러졌다. 잠시 죽은 듯 쓰러져 있던 다윗이 번쩍 눈을 뜨더니 붉게 충혈 된 눈으로 화면을 응시했다. 소름끼치는 눈빛이었다. 이어 다윗의 입에서 짧고 굵은 목소리가 터져 나왔다.

"후 아 유?"

바이러스가 분명했다. 다행히 악성은 아닌 듯했다.

누가 만들었는지 알 것 같았다. 보나마나 영어 사용을 폐기하고 한글을 사용해야 한다고 주장하는 노인들이 만들었을 것이다. 노인들이란!

한글날만 되면 고리타분한 할아버지들이 한복을 빼입고서 영어 사용을 금지하고 한글 사용을 의무화해야 한다며 데모를 하던 모습이 떠올랐다. 지난 1월 15일에는 한글을 만든 지 600주년이 되는 날이라며 집회를 하는 바람에 애를 먹었다. 겨울방학을 맞아 유럽에 가려고 공항으로 가는 길에 발이 묶여 비행기를 놓쳤던 것이다. 며칠 뒤에 간신히 출발하긴 했지만 처음부터 일이 꼬여서인지 여행 끝날 때까지 내내 좋지 않은 일만 생겼다.

태어날 때부터 영어를 사용해서 한글은 언제나 낯설었다. 학교에서 의무적으로 국어 시간에 한글을 배우지만, 좋아서 배우는 아이는 드물었다. 아이들은 대부분 한글 과목 시험을 보지 않아도 되는 외국 대학을 선호했다. 한국 대학에 가려는 학생들은 갈수록 줄어들고 있었다. 한글 논술 시험이 부담스럽기 때문이다. 대학 측은 한글 논술 시험 대신 영어 논술로 대체하게 해 달라고 정부에 요구하고 있지만 보수주의자들의 반대가

만만치 않았다. 시대착오적인 보수주의자들.

기분을 잡쳐 버렸다. 모니터를 끄려는 순간, 화면 중앙에 귀여운 아이콘이 나와 전화가 왔다는 메시지를 전했다.

"캐빈으로부터 전화가 왔습니다. 연결할까요?"

괴짜 캐빈? 그 사람이 왜? 캐빈은 나를 낳아 준 친엄마의 아들이니, 나에겐 오빠인 셈이다. 나는 2029년에 태어났고, 캐빈은 2027년에 태어났다. 겨우 2년 차이. 오빠라고 부를 마음은 조금도 없다.

엄마는 내가 세 살 때 세계여행을 떠났고, 이집트에서 만난 페루 남자와 사랑에 빠져 아빠와 이혼한 뒤 미국으로 떠나 버렸다. 페루 남자는 엄마보다 열 살이나 많은 늙은이였고, 전처가 낳은 아들을 데리고 다녔다. 그 아들이 바로 캐빈이다.

초등 학교 2학년 때까지만 해도 엄마의 가족과 만나곤 했다. 캐빈을 오빠라고 부르며 놀았던 기억도 있다. 그러나 캐빈의 가족이 전 재산을 털어, 길 위를 빠른 속도로 달릴 수 있을 뿐만 아니라 잠수함처럼 물 속을 다닐 수도 있고 비행기처럼 하늘을 날 수도 있으며 배처럼 물 위에 뜨기도 하는 비행잠수정을 구입해 전세계를 떠돌아다니게 되면서, 더 이상 만날 수 없었다. 종종 이메일이나 전화가 오긴 했지만 그마저 점점 뜸해졌다. 중학교 입학할 때부터 엄마와는 아예 담을 쌓게 되었다. 엄마에게서 이메일이나 메시지가 오더라도 그냥 삭제해 버렸다.

작년에 엄마가 병을 앓다가 세상을 떠났다는 소식을 들었다. 며칠 뒤, 엄마에게서 온 우편물이 있었다. 우편물을 보는 순간, 눈물이 나려 했다. 하지만 꾹 참고, 우편물을 반송해 버렸다. 나를 버리고 떠난 엄마를 용서할 수 없었다.

엄마와 캐빈은 죽이 엄청 잘 맞는다고 들었다. 어련할까! 엄마도 학창 시절에 마약을 한 적이 있었다니까. 엄마와 죽이 잘 맞는 사실만으로도 캐빈이 엄마만큼 싫었다. 한 달 전 캐빈이 갑자기 나를 찾아왔다. 한국 대학에 입학하기 위해서라나? 그것도 중세 시대의 한글을 전공하겠단다. 정신 나간 짓이다. 남들은 미국 대학에 입학하려 안달인데, 한국 대학에 가다니! 한글을 전공해 봤자 취직조차 하기 힘들다. 하긴 마약이나 했던 주제에 경쟁력 높은 대학은 꿈도 꿀 수 없을 거다.

캐빈은 한국인의 피가 단 한 방울도 섞이지 않았다. 캐빈의 엄마는 아랍계 터키인이고, 아빠는 잉카족의 후예인 페루인이다. 게다가 엄마 쪽을 많이 닮아 한국인과는 생김새부터 달랐다. 그런 캐빈이 한글을 전공하겠단다. 그것도 중세 시대 한글을! 웃기는 일이다.

캐빈이 찾아왔을 때 난 당연히 조금도 반갑지 않았다.

"정말 네가 제니야? 길에서 지나치면 못 알아보겠는걸! 제니, 너 그 생각나니? 대여섯 살 때쯤인가, 날 따라 서서 오줌을 눴잖아. 푸하하하……."

몇 달 전 집으로 찾아온 캐빈이 친한 척하며 너스레를 떨었다. 아는 척하는 것도 싫은데, 서서 오줌을 쌌다는, 전혀 기억나지 않는 어린 시절의 일을 떠벌이는 캐빈을 결코 좋아할 수 없었다.

우측 상단 모서리에서 깜빡이는 전화 아이콘을 무시했다. 아이콘은 한참 동안 깜빡이다 사라졌다. 조금 뒤에 영상 메시지가 도착했다는 아이콘이 떴다. 누군지 밝히지 않은 메시지였다. 캐빈일지도 모르겠다는 생각이 들었다. 하지만 아닐 수도 있다. 캐빈이면 닫아 버리면 그만이다.

아이콘을 클릭했다. 캐빈의 얼굴이 화면에 나타났다. 느글느글한 웃음을 입가에 띄우며 윙크를 했다. 우엑!

"안녕, 제니? 전화했는데 안 받더구나. 너무 한 거 아니니? 집으로 찾아가도 문전박대고!"

더 보고 싶지 않았다. 우측 상단 모서리 끝에 있는 X를 클릭했다. 너무 급하게 눈을 깜빡였는지 종료에 실패했다.

"용건만 말할게. 너한테 줄 게 있……."

이번에는 클릭에 성공. 하지만 '줄 게 있…….'다는 캐빈의 말이 귀에 남아 잉잉거렸다.

뭘 준다는 거지? 설마 무기나 마약은 아니겠지? 혹시 엄청난 금액의 돈은 아닐까? 마약 거래를 해서 떼돈을 모았을 수도 있고, 복권에 당첨되었을 수도 있잖아! 열어 봤는데 별 게 아니라면? 무슨 걱정이야, 안 받으면 되지.

밑져야 본전이다. 열어 보기로 한다. 별 게 아니면 닫아 버리고 삭제하면 그만이다.

"안녕, 제니? 전화를 했는데 안 받더구나. 너무 한 거 아니니? 집으로 찾아가도 문전박대고! 용건만 말할게. 너한테 줄 게 있어."

캐빈은 잠시 말을 멈추었다.

"나 말이야, 감옥에 들어갈지도 몰라. 경찰에 쫓기고 있거든. 왜냐고? 그 이유는 차차 알게 될 거고……."

그럼 그렇지. 무슨 죄를 저지르고 한국으로 도망 온 게 분명하다. 한글 전공은 핑계일 뿐이다.

"감옥에 들어가기 전에 너에게 이 물건을 전해 주려고."

더 이상 읽고 싶지 않았다. 위험한 게 틀림없었다. 마약일지도 모르는 일이다. 메시지를 끄려 했지만 눈꺼풀이 말을 듣지 않았다.

"너 혹시 마약이라고 생각하는 건 아니겠지?"

캐빈의 말에 화들짝 놀라지 않을 수 없었다. 속마음을 들켰으니까.

"푸하하하…… 농담이야!"

캐빈이 장난꾸러기처럼 웃었다. 그러고는 웃음을 멈추고 자
못 심각한 표정으로 정면을 응시했다.

"값어치로 따지면 마약 일 킬로그램보다 더 나가는 물건이
지."

마약 1킬로그램보다 더 값나간다고?

"어떤 사람들에겐 한 줌 쓰레기보다 못하겠지만……."

캐빈의 표정이 일그러졌다.

도대체 어떤 물건인지 궁금했다.

"제니!"

캐빈의 표정이 진지했다.

"넌 어떻게 생각하니? 영어 공용화 정책!"

생뚱맞게 웬 영어 공용화 정책? 이미 시대에 뒤떨어진 얘기
다. 내가 태어나던 해에 영어 공용화 법안이 통과되었다고 들
었다. 현실에서는 이미 영어를 국어처럼 사용하고 있다. 이제
는 영어를 국어로 채택하는 법안을 마련해야 한다.

"뭐 하나 보여 줄까?"

캐빈이 이번에는 화면에서 사라졌다. 뭘 하자는 건지 도무
지 종잡을 수가 없었다. 핀 카메라를 손으로 옮기는지 화면이

마구 흔들렸다. 잠시 뒤 화면이 멈췄다. 벽걸이 모니터였다.

'한글 창제 600주년 기념!' 이라는 핏빛 글씨가 서서히 떠오르더니 스르르 핏물처럼 흉측하게 흘러내렸다. 이어서 가슴에 영어라고 쓴 골리앗과 한글 다윗이 서로 격투를 벌이기 시작했다. 다윗이 골리앗에게 흠씬 두드려 맞았다. 좀 전에 보았던 컴퓨터 바이러스!

"근사하지 않니? 내가 만든 거야!"

캐빈이 자랑 삼아 떠들었다.

유치했다. 감옥에 갈 수도 있는 일을 자랑 삼아 떠드는 꼴이라니!

캐빈이 주려고 하는 물건이 무엇인지 더 이상 궁금하지 않았다. 황당한 물건을 내밀며 깔깔거릴 것만 같았다. 지지난 해 15일간의 유럽 일주 수학여행을 갔을 때 만난 거리의 어릿광대가 '나의 체취가 담긴 선물이라오! 부디 거절하지 마시고 받아 주소서!' 라며 무릎을 꿇더니 ‒ 얼마나 큰 기대를 했던가 ‒ 코를 팽 푼 휴지를 건넸을 때의 그 황당함과 실망감이 떠올랐다. 실망을 하긴 했지만 그래도 어릿광대는 웃음과 추억이라는 선물을 안겨 주었다. 하지만 캐빈에게선 실망감과 배신감만 느낄 것 같았다. 왠지 그런 예감이 들었다.

캐빈이 머리를 쓸어 넘기며 고개를 돌려 창밖을 바라보았다. 한참 동안 움직이지 않았다. 창문을 열어 두었는지 바람에 머릿결이 흩날렸다. 진지한 모습의 캐빈은 다른 사람처럼 보였다. 제법 멋있었다. 잘생긴 얼굴이다. 키도 크고. 우리 반 계집애들이 봤다면 다들 소개시켜 달라고 아우성이었을 거다.

"참, 너한테 선물을 주기로 했지. 자, 보여 줄게."

캐빈은 갑자기 침대 밑으로 기어들어가더니 상자 하나를 꺼냈다.

"이 상자 멋있지 않니? 멕시코에 갔을 때 산 건데, 값을 들으면 놀랄걸! 내가 가진 물건 중에 가장 비싼 거란다. 이 상자 마음에 드니? 이젠 네 거야. 하지만 진짜는 이 상자 안에 있지."

나도 모르게 눈을 크게 뜨고 화면을 뚫어지게 바라보았다. 상자가 마음에 쏙 들었다. 상자 안에 무엇이 들어 있을지 궁금했다. 온갖 값지고 신기한 보물들이 쏟아져 나올 것만 같았다.

캐빈은 상자에 손을 가져가다가 다시 거두고는 손을 맞비볐다. 망설이는 표정이었다. 막상 주려니까 아까운 건가?

"이게 네 손에 들어가는 순간, 이 물건은 네 거니까 네가 어떻게 생각하고 어떻게 처리하든 네가 알아서 하겠지."

캐빈은 천천히 상자를 열었다. 그러고는 잠시 상자 속을 들여다보며 그대로 서 있었다.

나도 모르게 상자 속에 뭐가 있는지 보려고 목을 쭉 뺐다. 그런다고 보이는 것도 아니건만.

"고백하자면…… 내가 가지고 싶었어. 내 거라면 진짜 소중하게 여길 텐데……. 나는 이 물건의 가치를 알고 있으니까."

왜 저렇게 뜸을 들인담!

"하지만 이건 네 거야. 네가 부디 이 물건의 가치를 알게 되기 바랄 뿐이야."

걱정 마셔. 값나가는 물건도 못 알아볼 만큼 어리석진 않거든. 어서 보여 주기나 하라고!

"로봇 경찰이 방문했습니다."

도어 시스템이 방문객을 알려 주었다.

"젠장! 깡통 나으리들께서 납시셨군. 드디어 내가 바이러스를 만든 걸 알아낸 모양이야."

장난 수준에 가깝긴 했지만 바이러스 유포는 매우 비도덕적인 범죄 중 하나였다. 도둑질보다 나쁜 짓이다. 감옥에 들어가게 될지도 모른다.

"젠장!"

캐빈이 투덜거렸다.

그러게 누가 그런 짓을 하래? 한국인도 아니면서 자기가 왜 나서냐고?

"어쩐다, 이 물건에 대해서 설명을 해 줘야 되는데……. 설명은 나중에 하기로 하고, 내일이라도 와서 이 물건을 가져가라. 경찰서에 들어가면 너랑 통화하기 힘들 거야. 캡슐 룸 주소는 B-89 피라미드, 7701블럭 993020호, 비밀번호는 엄마 생일."

영상 메시지는 거기까지였다.

며칠을 망설였다. 하지만 호기심을 억누를 수 없었다. 아니, 상자가 탐이 났다.

캐빈이 살고 있는 B-89 피라미드는 이집트의 실제 피라미드와 동일한 모양과 동일한 크기로 만들어진 대형 아파트 단지였다. 서울에서 20분 거리에 있는 강릉 해변에 위치하고 있었다. 지하는 30미터 깊이고 동쪽 부분은 바닷속을 볼 수 있어 환상적이었다. 바닷속 오피스텔과 아파트는 엄청나게 비쌌다. 그래도 캐빈의 캡슐 룸이 있는 곳은 비교적 싼 북향이었다.

캐빈의 캡슐 룸 앞에 도착했다. 비밀번호를 눌렀다. 출입문은 보통 지문이나 홍채 인식 시스템으로 되어 있으나 비밀번호로도 열 수 있었다.

문을 열고 안으로 들어갔다. 캡슐 룸답게 코딱지만 했다. 길이가 5미터이고 폭은 2미터밖에 되지 않았다. 하지만 우습게 볼 집은 아니다. 캡슐 룸은 전용 레일을 타고 어디든 이동할 수 있으며 배처럼 물 위에 뜨기도 한다. 주로 젊은이들이 좋아하는 주거 공간이다. 비록 작지만 침대와 욕실, 부엌은 물론이고 웬만한 시설이 거의 다 갖춰져 있다. 필요할 때마다 버튼을 누르면 내부 시설이 침실이나 욕실, 부엌, 사무실 등으로 변한다.

들어가 보니, 룸은 침실 기능이었다. 옷가지가 여기저기 침대 위에 흩어져 있었다. 하지만 생각보다 쾌적했다. 신선한 산소가 24시간 제공되고 사시사철 적절한 온도와 습도가 유지되기 때문이리라. 그러나 왠지 퀴퀴한 냄새가 나는 듯했다. 냄새 제거 시스템이 작동하기 때문에 그럴 리 없건만.

남자 혼자 사는 곳에 오래 머물고 싶지 않았다. 따져 보면 가족이긴 하지만 캐빈은 낯선 남자에 불과했다.

선물 상자에 무엇이 들었는지 궁금했다. 그것만 들고 나가면 그만이었다. 아니, 들고 나가기 전에 무엇인지 확인부터 할 것이다. 만약 허섭스레기라면 두고 가고, 값나가는 것이라면 가져갈 작정이다.

영상 메시지에서 보았던 대로 침대 밑을 살폈다. 과연 상자 하나가 있었다. 화면으로 볼 때보다 훨씬 근사하다. 일단 만족! 내용물이 무엇인지 확인해서 쓸모없는 것이라고 판단되면 버리고 상자만 가져가기로 한다. 뚜껑에 손을 갖다 대는 순간, 가슴이 마구 뛰기 시작했다. 마약이나 무기가 나오면 어쩌지? 아니면 장난감 뱀이나 개구리? 설마 살아 있는 뱀은 아니겠지. 만약 현금이나 보석이 들었으면 어쩌지? 아니면 어쩌지?

"값어치로 따지면 마약 일 킬로그램보다 더 나가는 물건이지."

캐빈이 했던 말이 생각났다.

조심조심 뚜껑을 열었다. 여차하면 달아날 생각으로 엉덩이를 뒤로 뺀 채. 그러고는 물건을 살폈다.

"어떤 사람들에겐 한 줌 쓰레기보다 못하겠지만……."

캐빈의 말이 떠올랐다. 나에게 해당되는 말이었다. 내가 보기에 그것은 쓰레기에 가까웠다.

실망이었다. 낡고 오래 된 천 조각 한 장이 전부였다. 혹시나 바닥에 뭔가 있을까 싶어 상자를 거꾸로 들고 털어 보았지만 아무것도 없었다.

갑자기 상자조차 시시껄렁해 보였다. 보물을 담고 있을지도 모른다는 기대가 무너진 탓인지도 모르겠다.

이럴 줄 알았다. 그럼 그렇지!

캐빈에게 속은 것만 같아 부아가 치밀었다. 손목에서 진동이 느껴졌다. 손목에 차고 있던 피시에서 메시지가 도착했다는 신호를 보냈다. 캐빈이었다. 받았다. 이따위 물건으로 날 속여? 해골이 될 때까지 감옥에서 지내서! 대꾸해 줄 생각이었다.

"여긴 경찰서 화장실이야. 사흘째 조사를 받는 중인데, 모두 다 들켰어. 무조건 버텨 볼 생각이긴 한데, 얼마 못 갈 것 같다. 아직은 조사를 받는 중이니까 이 메시지가 통제받거나 검열받지는 않을 거야. 하지만 증거가 좀더 확보되면 그 때부터는 메일도 마음대로 보낼 수 없게 되겠지. 몇 분 전에 캡슐 룸에 누군가 들어왔다는 메시지가 뜨더구나. 넌 줄 알았지. 비밀번호를 아는 사람은 너밖에 없으니까. 방이 누추하지? 로봇 경찰들이 갑자기 들이닥치는 바람에 정리할 새가 없었어."

내가 캡슐 룸에 들어온 걸 캐빈이 알 줄은 알았지만, 경찰서에서 조사를 받고 있을 테니 메시지를 보낼 줄은 몰랐다.

"제니! 실망했니? 그럴 거야, 실망했겠지. 겉보기에 쓰레기처럼 보일 테니까! 하지만 그건 결코 쓰레기가 아니란다. 보물이지. 암, 보물이고말고!"

보물? 이까짓 게?

"낡은 천 조각은 한글로 된 최초의 시란다. 양반이 아닌 일반 평민이 쓴 최초의 시. 그것도 남자가 아닌 여자가 썼지."

그래서 어쩌라고?

"팔자고 들면 최소한 몇 만 달러는 받을 수 있을걸."

몇 만 달러? 오 마이 갓!

"젠장! 깡통들이 나오라고 보채는군. 니들이 변비의 고통을 알어?"

캐빈이 문 밖의 로봇 경찰들에게 버럭 소리를 지른 뒤, 작은 목소리로 말했다.

"기회 봐서 메시지 다시 보낼게. 상자 속에 보면 칩이 하나 있을 거야. 읽어 봐. 안녕, 제니!"

메시지가 끝났다.

바닥에 던져두었던 상자를 조심스럽게 주워들었다.

이렇게 낡은 천 조각이 몇 만 달러나 된다고? 믿어지지 않았다. 왠지 속는 느낌이었다. 상자 속을 다시 꼼꼼히 살피자 바닥에 접착테이프로 붙여져 있는 작은 칩이 하나 보였다. 크기는 작지만 도서관 한 개 분량의 데이터를 저장할 수 있을 것이다.

휴대용 안경 피시에 칩을 연결해 데이터를 검색해 보았다. 첫 페이지에 커다란 글자가 눈에 들어왔다. 제목인 모양이었다.

뚜깐뎐

2

서서 오줌 누는 계집아이

도투락댕기하고 달래 각시 가지고 놀기보다
초록 들판을 뛰어 놀며
제기차기, 비사치기, 자치기를 더 좋아한 주막(酒幕)집 계집아이
서서 오줌 누는 계집아이
달거리 하는 사내아이
장군 되어 오랑캐를 무찌를까
공부하여 정승(政丞)이 될까
상것은 공부를 할 수 없음을, 장군이 될 수 없음을 모르네
계집은 남정네 종밖에 될 수 없음을 모르네
상것인 것도 모자라 계집으로 태어난 것을
이 어이 할꼬 어이 할꼬

〈어린 시절을 생각하며 미소짓다〉
계사년(癸巳年, 1533년) 사월 스무하루, '해문이슬'

연산군 10년(1504년), 춘분과 청명을 지나 곡우를 며칠 앞두고 있었다. 중촌의 청계천 대광통교(大廣通橋) 주변에는 장날을 맞이하여 사람들로 북적거렸다.

봄비를 머금은 풀들이 지천이었다. 봄이 왔으나 백성들 마음은 꽁꽁 얼어붙어 있었다. 조선 땅에서 가장 명당이라는 자리 중에서도 으뜸인 궁궐로부터 불어오는 피 냄새 때문이었다. 이름 하여 갑자사화였다. 무오년(1498년)에 있었던 사화 때의 피비린내가 아직 가시지도 않았건만, 다시 그 못지않은 피를 불렀는데, 선왕(성종)의 두 번째 부인이자 임금(연산군)의 친모였던 윤 씨의 폐비 사건이 그 발단이었다. 간신 임사홍의 밀고로 윤 씨의 폐출 경위를 알게 된 임금은 실로 참혹한 살육을 자행하게 되었는데, 그 희생자만도 수천에 달했다 하니 그 참상이 어떠했는지는 능히 짐작되고도 남음이 있었다. 첫 번째 희생자는 선왕의 총애를 받았던 정숙의와 엄숙의였는데, 궁중 뜰에서 임금이 직접 참했으며, 이 광경을 목격하게 된 인수 대비가 크게 분노하여 꾸짖자 머리로 칠순 조모의 가슴을 들이받아 절명케 하는가 하면, 의금부도사로 하여금 정씨의 소출인 안양군, 봉안군을 참형에 처하라 명했다.

그 끔찍한 사건은 달포 전에 일어난 일로써 차후에 있을 살육에 비하면 아무것도 아니었다. 그것은 시작에 불과했다. 춘추관에 명령을 내려 〈폐비 사약 시말 단자(廢妃 賜藥 始末 單子)〉를 작성해 올리게 해, 생모 윤 씨의 죽음에 직접 관련된 자들은 물론이고, 방관한 자들까지 모두 찾아내어 죄를 물을 것이라는 소문이 들려왔다.

게다가 정사를 등한시하고 유흥에만 골몰하는 나라님에 항의하는 글귀의 나라말 괘서들이 궁궐 담벼락을 비롯해 궁궐 안에까지 나붙을 만큼 민심이 흉흉했다. 그러나 임금과 신하들은 백성들의 심중 따윈 안중에도 없었다.

백성들은 궁궐에서 풍겨 오는 피비린내와 가난에 찌들었으나, 장날을 맞이한 청계천변에 생동감이 전혀 없지는 않았다.

오늘은 장날이었다. 예전만 못했지만 나루터 어귀에는 소규모 장터가 형성되었는데, 채마장수, 싸전쟁이, 시겟장수, 삿갓장이, 소금장수, 소거간, 망건장이 등과 각종 건어물 장수들, 행상들로부터 이리저리 바쁘게 오가는 중노미와 여리꾼, 상갓집 개처럼 하릴없이 어슬렁거리는 조방꾸니, 구경 나온 음양쟁이, 거들먹거리며 지나가는 알롱, 뱀을 팔고 있는 뱀 장수 등 물건을 사고팔고 흥정하는 이들로 북새통이었다.

주막집 딸 뚜깐은 그 북새통을 비집고 다녔다. 어물을 사 오라는 어매의 심부름을 나온 것이었으나 어물을 사는 데는 관심이 없었고, 팔려고 진열해 놓은 멸치며 잣 등을 주워 먹으며 이곳 저곳을 구경하는 데 더 열심이었다.

구경꾼들로 둘러싸인 뱀 장수가 눈에 띄었다.

"아랫마을 공가놈 마누라가 엊그저께 달아뿌렀으요. 공가

놈으로 말할 거 같으면, 착실하니 일 잘하고, 양가 부모에게 효도하고, 자식새끼 이뻐하고, 밥 잘 묵고, 잠 잘 자고, 똥 잘 싸고, 다 존디, 안주인이 영 불만이더란 말시. 위째 긍가 하고 살피봉게, 공가놈이 약해 빠져 가꼬 비실비실 당최 힘을 못 써. 그래 농게 젊디젊은 공가놈 안주인이 워쩌겄어. 참다참다 못 참겄응게, 달아나 분징겨."

뱀 장수의 입담에 구경꾼들은 그것이 반쯤은 거짓부렁인 줄 알면서도 진지하게 듣고 있었다.

뚜깐도 멀찌감치 서서 안 듣는 척하면서 뱀 장수의 사설에 귀를 기울였다.

"마누라가 내빼뿌고 공가놈 시름에 잠겨 사는디, 공가놈 옆집에 사는 맹가놈 마누라는 남편한티 사흘에 한 번씩 매타작을 당해 가꼬 눈탱이가 밤탱이맹키 시퍼러딩딩허게 부어 있음시로 달아날 생각을 안 한단 말시. 어째 긍가 하고 살피봉게, 맹가놈 일은 않고 탱자탱자 놀면서, 소 팔고 개 팔고 달구 새끼 팔아서 투전이나 하고, 술 퍼묵고 쌈질에, 하여튼 개차반도 그런 개차반은 드물 것인디, 딱 하나 잘 하는 것이 있었겄다."

여기까지 해 놓고 에헴! 헛기침 한 번 하고는 상투를 틀지 않은 소년에게 다가가 깐죽거렸다.

"아따 요놈은 환장을 하고 치어다보네. 어야! 장가 안 간 아그들은 언능언능 집에들 가거라잉!"

아이들을 쫓아놓고,

"공가놈이 맹가놈한테 당신 뭘 먹소, 하고 물어 봤더니, 대답은 않고 정지로 데려가더니 쇠여물 끓이는 커다란 무쇠 솥 있제, 고놈 뚜껑을 열어 보이더란 말여, 봉게 아 글씨, 배암이 끄드으으윽 하니 들어 있더란 말시."

여기까지 말해 놓고 본색을 드러내는데,

"자! 요놈 배암 한 마리만 잡숴 봐! 하릴없이 남근 바우 근처에서 알짱거리는 마누라가 돌아오고, 절집으로 출가했던 마누라도 돌아오고……."

사설을 늘어놓던 뱀 장수가 갑자기 입을 딱 닫았다. 한참 재미있게 뱀 장수의 사설을 듣고 있던 구경꾼들은 뱀 장수가 입을 닫아 버리자, 계속하라고 성화였다.

그 때였다. 찬물을 끼얹은 듯 고함 소리가 들려 왔다.

"모두들 꼼짝 마라!"

키가 땅딸하고 다부지게 생긴 병졸과 비쩍 마르고 키만 홀쩍 커다란 멀대 병졸이 장터를 가로질러 오고 있었다.

"지금부터 조사를 할 것이 있으니 봇짐을 내놓거라!"

시끌벅적하던 나루터 어귀는 찬물을 끼얹은 듯 일시에 조용해졌다. 뱀 장수 앞에 몰려들었던 구경꾼들은 흩어졌고, 뱀 장수도 손에 들고 있던 뱀을 자루 속에 집어넣을 수밖에 없었다.

"못해 묵겄네! 벌써 몇 번째여!"

뱀 장수는 드러내 놓고 불평하진 못하고 오만상을 찌푸리며 입속말을 중얼거렸다. 다른 장사꾼들도 속이 상하기는 마찬가지였다. 그도 그럴 것이, 장사를 할 만하면 병졸들이 나타나 봇짐을 뒤졌던 것이다. 이번으로 벌써 세 번째였다. 장사꾼들은 불쾌한 표정으로 호객과 흥정을 멈추었고, 물건을 사러 왔던 이들도 사려던 물건을 내려놓았다.

단 한 사람, 덩치가 우람하고 기골이 장대하며 턱수염이 덥수룩한 더벅머리 총각만은 켕길 게 없다는 듯 병졸들의 엄포에도 아랑곳 않고, 칡뿌리를 질겅거리며 마을 쪽으로 걸어가고 있었다.

"네 이놈! 게 섰지 못할까!"

땅딸이 병졸이 더벅머리를 불러 세웠다.

"나요?"

더벅머리는 뒤를 돌아보았다.

"그래 이놈아!"

"워째 근다요?"

더벅머리는 영문을 모르겠다는 표정으로 두 눈을 끔벅였다.

"봇짐을 내려놓으라는 말 못 들었느냐!"

"남으 봇짓은 머땀시 보시게라!"

"잔말이 많다! 어여 내놓지 못할까!"

더벅머리는 할 수 없이 등에 지고 있던 봇짐을 벗어 주었다. 땅딸이 병졸은 더벅머리의 봇짐을 샅샅이 살피기 시작했다.

"갈 길이 바쁜 몸인디⋯⋯."

더벅머리는 여전히 칡뿌리를 질겅질겅 씹으며 투덜거렸다. 뚜깐은 그 광경을 지켜보며 실실 웃고 있었다. 촌놈의 하는 짓이 우습기도 하거니와 병졸에게 꿀리지 않고 당당하게 대드는 모습이 통쾌했던 것이다.

"네 이놈!"

더벅머리의 봇짐을 살피던 병졸이 소리를 버럭 질렀다. 더벅머리는 병졸의 고함 소리에 놀라 씹고 있던 칡뿌리를 땅바닥에 떨어뜨렸다.

"으미미미미 아간 거! 으째야 쓰게라!"

칡뿌리는 하필이면 썩은 생선 내장과 오물들이 범벅이 되어 있는 진창 속 웅덩이에 빠져 버렸다. 더벅머리는 칡뿌리를 주워 들고 병졸에게 대들었다.

"아따, 워째 괌을 질러 댄다요."

땅딸이 병졸은 더벅머리의 멱살을 쥐어틀며 더벅머리의 봇짐에서 나온 서지 몇 장을 흔들어 댔다.

"네놈이 바로 괘서를 붙이고 다니며 유언비어를 유포하는 괴한이렷다!"

"괘서는 뭣이고, 유언비어는 뭣이다요. 난 고런 거 모리고, 요 칡 값이나 물어 주시야 쓰갔는디어라."

"어디서 능청이냐, 이놈! 어여 이실직고 하렷다."

"한양은 눈뜨고 코 베아 가 분다덩마, 참말로 겪어 봉께 우리 엄니 말쌈이 틀리지 않구마이. 나가 촌놈 행색하고 있잉께 얍잡아 보고설랑 이라는 모양인디어라, 너무 이러지 마씨오."

더벅머리는 코를 팽 풀어 제치고 바지 말기를 추어올리며 겁 없이 대들었다. 주변에 몰려 있던 구경꾼들은 '저 놈 저거 죽을라고 환장을 했구나.' 안쓰러워하며 사태를 지켜보았다.

"이 괘서 어디서 났느냐?"

멀대 병졸이 괘서를 더벅머리에게 펼쳐 보이며 채근했다. 나라말로 쓰인 괘서에는 나라님을 비방하는 내용의 글이 적혀 있었다. 더벅머리는 무슨 내용인지 알 턱이 없다는 듯 눈을 끔벅이며 주워 섬겼다.

"으떤 시러베 잡것인 중은 몰러두, 멀쩡한 죙이를 아간 줄 모리고 버렸잖것습니까! 불쏘시개로 쓰던가, 똥뚜깐에 두고 뒤나 닦자 싶어서 주웠지라."

"닥치지 못할까! 네놈이 이 괘서를 관아에 붙이지 않았더냐!"

"붙인 것이 아니라, 땅바닥에 나뒹구는 놈을 줏웠당게로."

"어디서 능청야 이놈!"

땅딸이 병졸은 다시 한 번 윽박질렀다.

"간밤 꿈에 비루먹은 도야지한테 코를 물어 뜯겼는디, 요런 일이 있을라고……."

"뭬라고 이노옴!"

땅딸이 병졸이 발끈해서 곤봉을 휘두르며 달려들자 멀대 병졸이 말렸다. 더벅머리는 멀대 병졸이 들고 있던 쾌서를 빼앗아 들고 저쪽으로 걸어갔다. 멀대 병졸은 기가 막힌다는 표정으로 멍하니 서 있다가 다급히 달려가 더벅머리의 뒷덜미를 잡아챘다.

"이 놈이 보자 보자 하니까 발칙하구나!"

더벅머리는 쾌서를 흔들어 보이며 조잘거렸다.

"어쩌 그요, 있던 곳에다 갖다 두고 올라고 그라는디."

멀대 병졸이 더 이상 참지 못하고 더벅머리를 포승줄로 결박하려 하자 더벅머리는 그제야 사태가 심상찮다는 걸 느끼고 빌기 시작했다.

"아이고, 나으리! 쇤네는 그저 뒤나 닦자고 종이 쪼가리 몇 장을 주웠을 뿐인디 워째 이런다요! 나가 다시는 요놈을 건들지 않을 팅게 한 번만 봐 주시오, 나으리!"

이때였다.

"우헤헤헤…… 아이구 우스워! 배꼽 빠지겠네! 우헤헤헤!"

지금껏 이 광경을 지켜보고 있던 뚜깐이 우스워 죽겠다는 듯 깔깔대기 시작했다.

"어느 안전이라고 요망스러이 웃는 게냐!"

땅딸이 병졸이 근엄한 표정을 지으며 뚜깐을 나무랐다.

"황소가 짓뭉갠 똥낯짝을 하고 우는 꼴 좀 보셔요. 어찌 안 웃을 수가 있겠습니까요. 우헤헤헤!"

"화, 황소가 짓뭉갠 똥낯짝이라고라고라! 내 저것을 당장!"

더벅머리는 병졸 앞이라 어쩌지는 못하고 뚜깐에게 무시무 시한 인상을 찌푸려 보였다. 뚜깐은 아랑곳하지 않고 경중경중 날뛰며 더벅머리 총각의 약을 올려 댔다.

"우헤헤헤…… 아무리 까막눈이라지만 괘서도 못 알아보고 뒤를 닦겠다고! 글도 못 읽는 까막눈, 도야지한테나 던져 줄 것 이지! 우헤헤……."

"엄니, 이를 어쩔께라! 조따우 쥐방울만한 잡것한티 무시당 하고 살라고 엄니가 날 낳진 않았지라! 이런 수모를 당하고 살 수는 없구만요! 엄니! 나 저것을 빼다구까장 아작아작 씹어 묵 어 불라요! 하늘이서 보고설랑 너무 놀라지 마씨오! 그람 나 사람 잡소이!"

그렇게 중얼거린 뒤, 더벅머리는 당장이라도 때려잡을 듯이 뚜깐을 향해 주먹을 휘두르며 지축을 흔들 만큼 커다란 고함을 내질렀다.

"살인 주먹이다! 받아라아아!"

뚜깐은 달아날 새도 없이 더벅머리의 주먹 거리 안에 갇히게 되었다. 살인이 날 판이었다. 더벅머리를 잡고 있던 병졸조차 눈을 뻔히 뜨고 살인 광경을 보게 된 형국이었다. 설마 더벅머리가 병졸이 보는 앞에서 어쩌기야 할까 싶어 구경삼아 지켜보고 있던 이들도 '아이쿠, 불쌍한 것! 주둥이 함부로 나불거리더니 뚜깐이 시집도 못 가 보고 죽는구나!' 싶어 끔찍한 광경을 차마 볼 수 없었는지 눈을 질끈 감았다.

'퍽!' 소리에 이어 '헉!' 하는 짧고 낮은 외마디 비명이 들렸다.

더벅머리의 주먹에 맞아 죽어 널브러졌을 뚜깐의 모습을 차마 보지 못하겠다며 고개를 돌리는 축도 있었는데, 웬걸! 땅바닥에 널브러져 있을 줄 알았던 뚜깐은 여유 만만하게 손바닥을 탁탁 털고 있었고, 더벅머리는 불끈 쥔 주먹을 허공에 든 채, 사색이 다 된 백짓장 낯빛으로 우뚝 서서는, 절 입구를 지키고 있는 사대 천왕처럼 인상은 험악한데, 똥 싸다 말고 나온 놈처럼 엉거주춤한 자세로, 돌이라도 된 듯 움직이지 않았다. 뚝간에게 사타구니를 걸어채었던 것이다.

더벅머리가 한참만에야 헤 벌어진 입으로 '푸우-' 하고 날숨을 내쉬었다. 고약한 저승 냄새를 풀풀 풍기며 숨을 몰아쉬자 사색이 되었던 얼굴빛이 살아나긴 했는데, 이번에는 뚝간에게 걸어차인 사타구니에 고통을 느끼는지, 아이고 데이고, 죽는소리를 하며 땅바닥을 데굴데굴 굴렀다.

구경하고 섰던 이들이 웃음보를 터뜨렸다. 구경꾼들은 배꼽이 빠지라고 웃어 댔다. 검문을 나왔던 병졸들도 따라 웃지 않을 수 없었다. 병졸의 등장으로 찬물을 끼얹은 듯 싸늘했던 장터가 다시 시끌벅적 들썩였다. 그러나 그것도 잠시,

"조용히들 못할까!"

땅딸이 병졸의 고함 소리에 다시금 조용해졌다.

"다들 봇짐을 내려놓아라. 검문을 다시 시작하리다!"

모두들 봇짐을 까뒤집어 보였다. 그러나 병졸들은 웃는 모습을 보인 마당에 정색을 하고 검문을 하기 뭐했던지 건성으로 봇짐을 뒤졌다. 뚝간은 어물을 사 들고 의기양양하게 그곳을 빠져나갔고, 더벅머리는 여전히 땀을 뻘뻘 흘리며 고통스러워하고 있었다.

"네 이놈! 이번 한 번은 용서한다. 이건 네놈 뒤 닦으라고 만

든 것이 아니란 말이다. 이 괘서를 발견하면 지체 말고 관아에 갖다 바쳐야 하느니라! 알겠느냐?"

검문을 마치고 돌아가던 멀대 병졸이 비실비실 웃으며 더벅 머리 옆으로 다가와 주의를 주었다. 더벅머리는 대답 대신 신음 소리를 냈다. 땅딸이 병졸과 멀대 병졸은 웃음을 터뜨리며 사라졌다. 뚜깐은 어물이 든 소쿠리를 들고 경중경중 저잣거리를 내달렸다.

"쯧쯧쯧! 말만한 계집이 속곳을 드러내 놓고 경중거리는 것 좀 보소!"

뚜깐을 보고 한 노파가 지팡이로 삿대질을 하며 흉을 보았다.

올해로 열하고도 여섯이건만 뚜깐은 머슴애처럼 하고 다니며 동네 어른들의 흉잡힐 일만 골라서 하고 다녔다. 계집아이면서도 항상 사내아이들과 노닐었고, 그 중에서도 항상 왕초 노릇을 했다. 쌈박질도 잘했지만, 통솔력과 지모가 뛰어나, 웬만한 사내아이들은 뚜깐을 당해 내지 못했다.

뚜깐은 지금껏 자신이 계집아이라는 것을 의식하지 못하고 살아왔다. 그런데 요즘 들어, 계집의 특징이 생겨나면서 고민이었다. 헝겊으로 칭칭 감아도 감아도 하루가 다르게 커져 가는 가슴은 실한 참외만 해졌다. 한 해 전부터 달거리도 시작되었다. 뚜깐에게 있어서 그 모든 것이 성가실 뿐이었다.

그러나 뚜깐은 어쩔 수 없는 여자였으니, 요즘에는 젊고 잘생긴 총각을 보면, 괜스레 등짝이 따끔거리고 얼굴이 화끈거렸다. 아까 더벅머리에게 딴죽을 건 것도 잘 생기지는 못했으나 사내다운 생김새와 우람한 체격을 보고 가슴이 두근거리는 자신이 쑥스럽고 창피해서, 그 반대로 더벅머리에게 시비를 걸었던 것이다.

더벅머리의 사타구니를 너무 세게 찬 게 아닐까 싶어 은근히 걱정이 되었다. 발등에 남아 있는 물컹한 느낌이 문득 떠올라 얼굴이 화끈거렸다. 마침 느티나무 옆을 지나는 중이었다. 나무 아래로 걸어갔다. 화끈거리는 얼굴을 진정시킬 셈이었다. 나무 발치에 등을 기대고 서서 심호흡을 하자 그제야 조금 진정되는 것 같았다.

잠시 그대로 서 있다가 걸음을 떼려는데, 뒤통수에서 무언가 부스럭거렸다. 돌아다보니 눈높이쯤에 서지가 붙여져 있었다. 뚜깐은 그것이 무엇인지 한눈에 알아볼 수 있었다. 그것은 다름 아닌, 나라말 괘서였다. 더벅머리가 똥을 닦겠다고 품에 지녔다가 병졸에게 끌려갈 뻔했던 바로 그 물건이었다. 괘서는 얼마 전부터 관아 담벼락에 나붙기 시작하더니 이제는 저잣거리 여기저기에서 쉽게 발견할 수 있었다.

뚜깐은 괘서를 자세히 들여다보았다.

부라옵건대잡샤롤내티옵고어엿브빅셩을돌오쇼서
홍쳥ㅣ므슴다

바라옵건대 잡사(雜事)를 내치시고 불쌍한 백성을 돌보소서
홍청(興靑)이 무엇입니까

들여다보긴 하였으되, 읽을 수는 없었다. 뚜깐은 까막눈이
었던 것이다. 그러나 무슨 뜻인지는 알고 있었다. 주막집을 들
락거리는 객들로부터 얻어들은 귀동냥 덕택이었다. 내용은 보
나마나 정사(政事)는 돌보지 않고 기생들과 노닐기만 한다는
나라님을 꾸짖는 것일 터였다. 나라님 마음대로 죄 없는 신하
들을 마구 죽이거나 귀향 보낼 뿐만 아니라, 여염집 아낙을 범
하고 심지어 비구니까지 능욕한다는 소문이 파다했다.

그에 항의하는 나라말 괘서가 나붙기 시작하자 임금은 신변
의 위협을 느꼈는지 누구든 궁궐 근처에 얼씬도 하지 못하게
했다. 지난 해 겨울에는 경복궁과 창경궁의 담을 높이더니 부
근 인가를 모두 철거하라는 명령을 내리는 한편, 선왕 시절에
는 마음대로 다닐 수 있었던 곳에 금표(禁標)를 세워 일반 백성
들의 접근을 막았다. 나라님이 궁궐 밖을 행차할 시에는 지붕

이나 나무, 언덕에 오르거나 수풀 속에서 소리를 지르는 백성을 단속하는 등 주변을 경계해 일반 백성들과 거리를 두었다.

임금은 양반보다 일반 백성을 더 두려워하는 것 같았다. 그도 그럴 것이 한자로 된 괘서는 거의 찾아볼 수 없었고 대부분 나라말로 되어 있었기 때문이다.

뚜깐은 임금에 대한 나쁜 소문 따위에는 아무런 관심도 없었다. 다만 느티나무에 붙여져 있는 괘서를 붙이는 괴한을 목격하지 못한 것이 못내 아쉬웠다. 괴한을 목격했다면 잡아서 관아에 넘겨 포상금을 받을 수 있었다.

며칠 전부터 밤마다 괴한을 잡기 위해 조무래기들과 애를 쓰고 있지만 아직 잡지 못했다.

그 때였다. 부지깽이를 든 할멈이 토담집 모퉁이를 돌아 나타났다.

"뚜깐이 네 이 년! 우리 닭 어쩔 테냐! 그제 밤에 실한 암탉 서리해 간 게 네 년이지? 내가 모를 줄 알구. 조무래기들 시켜 잡아오게 했잖어!"

할멈이 다짜고짜 다그쳤다.

"나 참, 기가 막혀! 내가 잡아오라고 시키는 거 할멈이 봤소?"

뚜깐이 펄쩍 뛰었다. 켕기는 구석이 있어 할멈 눈을 마주 보지는 못했다.

"안 본다고 모를까. 허구헌 날 네 년이 조무래기들이랑 해 작질하구 댕기는 거, 조선 사람이면 다 알어. 넘들은 시집을 갔 어두 골백번은 갔을 나이에 조무래기들허구 해작질이나 하구 댕기건만, 느이 에미 애비는 계집을 함부로 내돌리고두 편히 잔다든. 쌍것들이로고!"

"우리 어매는 왜 들먹인대여?"

뚜깐이 발끈했다.

"콩 심은 데 콩 나고, 팥 심은 데 팥 나는 법이쟈! 노름꾼 애 비에 작부 에미한테 난 새끼가 온전할 턱이 없지, 암!"

"뭐라구, 이 할망구가 정말!"

뚜깐은 차마 나이든 노인네를 어쩌지는 못하고 식식거리며 팔뚝을 걷어붙였다.

그 때, 뒤에서 인기척이 났다. 소리가 난 쪽을 돌아보자 주막 집에서 똥 닦겠다고 괘서를 지니고 있다가 병졸에게 걸려 곤욕 을 치르던 바로 그 더벅머리가 서 있었다.

"워메메! 요것이 시방 꿈이여 생시여!"

더벅머리가 정색을 하며 뚜깐에게 다가왔다.

"한양 왔다가 벨 구경을 다하겠구마. 나이 자신 노인네한테 고거이 뭣 짓이당가. 워메 요노무 한양이라는 동네, 사램 살 곳이 못 되누만. 똥오줌 못 가리는 도야지 새끼도 아니고, 인피를 쓰고설랑 워찌케 어른한테 대든당가."

더벅머리는 양 손바닥에 침을 퉤퉤 뱉어 문지른 뒤, 뚜깐에게 다가섰다.

"요리 오니라. 나가 오늘 못 되아묵은 버르장머리를 딱 고쳐 줄랑게."

"아구 참말로 경우 바르고 장한 총각이네. 그리여, 조누무 가시내 혼쭐이 나도록 패 주시게."

할멈이 좋아라 하며 더벅머리를 칭찬해 주고, 뒷일을 감당키 싫어 부리나케 부지깽이를 끌고 오던 길로 사라졌다.

"또 걷어차이기 전에 남의 일에 참견 마시고 갈 길이나 가시지!"

뚜깐은 더벅머리를 향해 톡 쏘아 주고는 발걸음을 떼었다.

"갈 길이 천리다만, 버르장머리는 고쳐 주고 가야 내 맴이 편하겄다."

더벅머리가 가로막았다.

겉으로는 아무렇지 않은 듯 서 있었으나 뚜깐의 가슴은 어찌 해야 할지 몰라 콩닥거렸다. 주변에 아무도 없는 상황에서 기골이 장대한 사내와 붙어 봤자 이길 방도가 없었다.

어떻게 하면 이 위기를 피할 수 있을지 난감했다. 그렇다고 소리를 질러 사람을 모은다는 건 자존심이 허락치 않았다. 기회를 엿보아 다시 한 번 급소를 걷어차고 줄행랑을 치는 수밖에 없었다.

"저게 뭐지?"

뚜깐은 느티나무 둥치에 나풀거리는 괘서를 처음 본다는 듯 바라보았다. 더벅머리가 뚜깐의 시선을 좇았다. 뚜깐은 이때다 생각하고는 더벅머리의 사타구니를 겨냥하고 냅다 걷어찼다. 다음 순간, '아얏!' 비명을 지른 것은 더벅머리가 아니라, 뚜깐이었다. 사타구니를 걷어차려던 뚜깐의 발은 더벅머리의 손아귀에 잡혀 있었다.

더벅머리가 잡았던 발을 놓으며 밀쳤다. 뚜깐은 비명을 지르며 바닥에 쓰러져 일어나지 못했다. 넘어지며 발목을 삔 듯했다. 낑낑거리는 뚜깐을 차마 모른 척 두고 갈 수 없었던지 더벅머리는 걱정스러운 듯 물었다.

"접질렀어? 긍게 조신하게 굴었으먼 이런 일 없었잖은가."

더벅머리는 안쓰러운 듯 가까이 다가가 뚜깐의 발목을 살폈다.

"어딜 만지구 이래! 저리 가, 짐승 같은 놈아!"

"깝치덜 말고 가만있어 봐! 고쳐 줄 팅게!"

더벅머리는 뚜깐의 발목을 만지작거리더니 한쪽으로 사정

없이 꺾어 버렸다. 우두둑 소리와 함께 뚜깐이 비명을 질렀다.

"아구메 나 죽네! 사람 살려! 뚜깐이 살려 주오!"

뚜깐은 창피한 것을 무릅쓰고 고함을 질러 대기 시작했다. 더벅머리는 어쩔 수 없다는 표정을 짓고는 구경꾼들이 몰려들기 전에 서둘러 자리를 피했다. 뚜깐은 발목이 부러진 줄 알고 눈물까지 찔끔거리며 소리를 지르다가 더벅머리가 피해 달아나자 더 이상 소리 지르기를 그만두고 부러졌을 발목을 어루만졌다. 그러나 발목은 멀쩡했다. 더벅머리가 접질린 발목을 고쳐 주고 갔던 것이다.

3

땅의 사람들

눈감아야 보일 게다
병(病)에 걸릴 것을 근심해 돈을 모으고
반드시 병에 걸리고 마는
어머니의 땅은
눈감아야 보일 게다
송아지 판 돈을 투전으로 모두 날려 버리고
민망(憫惘)한 마음에 조기 한 두름 달랑 들고 오시는
아버지의 땅은

〈노을이 예뻐서 눈물짓다〉
정유년(丁酉年, 1537년) 단오 저물녘, '해문이슬'

"심부름 보낸 지가 언젠데 이제야 나타나는 게니, 이것아!
배 타구 나가서 잡아 와두 벌써 왔겠다. 아이구 망할 것, 어떻
게 들고 왔길래 흙두뱅이를 만들어 왔니!"

뚜깐은 국밥을 끓이고 있는 어매의 치마폭에 조기를 던져
주고 또 무슨 심부름이나 시키지 않을까 싶어 후다닥 밖으로

뛰쳐나갔다.

"해 다 넘어가는데 어딜 또 기어 나가니! 이리 오지 못해!"

그러나 뚜깐은 이미 사립문 밖으로 사라진 지 오래였다.

"내가 못 살어! 딸년 하나 있는 게 어쩜 저리 에미 속을 썩이는지……. 에그!"

뚜깐 아배 김 서방이 금방 잠에서 깨어난 듯 배를 벅벅 긁으며 입이 찢어지라고 하품을 하면서 부엌으로 기어들었다.

"뚜깐이 년은 워딜 가건데, 범한테 쫓기는 토깽이 새끼마냥 내빼는 거여. 냉수나 한 사발 줘!"

"이녁은 손이 없유 발이 없유. 가서 떠 자시구래! 넘은 바뻐 죽겄구만!"

김 서방은 때릴 듯이 손을 치켜들었다가 바쁘게 움직이는 처를 차마 때리지는 못하고, 발치에 한 무더기 쌓여 있던 애먼 장작을 걷어차고는 물독으로 가서 냉수를 들이켰다. 들이키고 남은 물을 아까운 줄 모르고 바닥에 휙 뿌려 버리고는, 손님에게 내가기 위해 차려 놓은 밥상 앞에 쪼그려 앉더니, 놋쇠로 만든 갱지미에 정갈하게 담아 놓은 짠지를 손가락으로 뒤적이기 시작했다.

"손님한테 내갈 거여요. 물러나요."

김 서방은 아랑곳없이 기어이 짠지 하나를 입으로 가져갔다.

"주모! 여기 국밥 언제 나오는게요!"

밖에서 손님이 재촉하는 소리가 들렸다.

"곧 나갑니다요. 잠시만 기다려 주세요, 손니임!"

"간드러진다 간드려져! 하늘 겉은 지아비한테나 그래 봐, 이 여편네야!"

뚜깐네는 밥을 푸느라 손이 바빠 대꾸할 짬조차 없건만, 김 서방은 괜한 시비였다.

"객쩍은 소리 그만두구, 국밥이나 좀 날라 줘요!"

김 서방은 그 소리를 들었는지 먹었는지 딴청을 부렸다.

"아구구! 팔 다리 허리여! 황구라두 한 마리 고아 묵어야 할라나, 여엉 힘을 못 쓰겠네! 다른 여편네들은 삼을 뽑다가 꿀에 절여 멕인다는데, 우리 여편네는 어떻게 된 게 삼은 고사하고 개삼조차 멕여 주지를 않네!"

뚜깐네가 밥상을 들고 일어섰다. 김 서방은 부엌문이라도 열어 줄 생각은 않고, 짠지를 찢어 입에 넣기 바빴다.

해거름이 되면서 투숙객들이 몰려들어 주막은 북새통이었으나 누구 하나 도와 주는 이 없이 뚜깐네는 눈코 뜰 새 없이 바빴다. 뚜깐은 어디로 나갔는지 돌아오지 않았고, 남편은 투전판으로 갔는지 코빼기도 보이지 않았다. 날이 저물고 투숙객으로 봉놋방이 다 찬 뒤에야 숨을 돌릴 수 있었다. 부엌에 쭈그리고 앉아 짠지에 식은 밥술을 뜰 짬이 생겼을 때에는 이미 술시(戌時)가 다 되어 있었다. 뚜깐네는 불씨가 사그라지는 아궁이 앞에 쪼그리고 앉아, 걱정 근심을 찬 삼아 늦은 저녁을 먹었다.

뚜깐이 들어오면 다리라도 분질러 들앉혀야겠다고 다짐해 보았다. 그러나 탈탈 털어 하나 밖에 없는 딸년에게 어미로서 해 준 게 아무것도 없다는 생각이 앞서, 막상 눈앞에 나타나면 변변히 야단 한 번 치지 못할 게 뻔했다. 딸년 팔자가 안쓰러웠다. 양반집 자식으로 태어나지 어쩌자고 지지리도 가난하고 궁상맞은 주막집 자식으로 태어났는지, 안쓰럽고 속상했다.

딸년은 뭐가 되려는지, 어릴 때부터 사내 짓을 하고 다녔다. 한동안은 사내아이처럼 서서 오줌을 눈 적도 있었다. 아무리 야단을 치고 매를 들어도 소용없었다. 치마를 다 적시면서도 서서 오줌을 누는 거였다. 나이가 들면서 저도 부끄러운 게 뭔지 알았는지 저절로 그 버릇은 사라졌으나, 하는 짓은 여전히 사내였다. 놀아도 항상 머슴애들이랑 놀았고, 계집애들과는 상종도 하지 않았다. 저도 계집인 주제에 계집을 놀리고 다녔고, 심지어 사내애들까지 패고 다니는 지경이었다.

뚜깐은 짚세기를 양손에 들고 안방의 동정을 살폈다. 호롱 불빛이 은은하게 방문을 밝히고 있었다. 바느질을 하고 있는 뚜깐네의 그림자가 정겹게 아른거렸다. 졸개들이 서리해 온 닭을 구워 먹은 뒤 팔매질로 할멈네 장독을 박살내고 돌아오는 길이었다.

가슴이 두방망이질을 했다. 할멈네 장독을 박살내고 돌아오던 길에 최 역관 댁 둘째아들 서진 도령과 마주쳤던 것이다.

"뚜깐이 아니냐?"

서진 도령이 알아보고 말을 걸었다.

대답을 했던가, 안 했던가. 차마 고개조차 들 수 없었다. 어릴 땐 함께 비사치기도 하고 술래잡기며 먹국놀이를 함께 했던 사이가 아니던가. 소꿉을 놀 때 신랑 각시가 된 적도 있었다.

어릴 때는 서진 도령에게 시집가는 것이 꿈이었다. 물론 그것은 상상할 수도 없는 일이거니와 가당치 않은 일임을 뚜깐도 이제 잘 알고 있었다. 뚜깐보다 두 살 연상인 서진 도령은 참한 규수와 혼사가 오가는 중이었다. 그러나 뚜깐은 개의치 않았다. 설사 서진 도령이 혼례를 치른다 해도 상관없었다. 혼례를 치르고 부부의 연을 맺을 수는 없겠지만, 평생 그를 사랑하며 살 작정이었다.

역관 댁에 잔치가 있을 때마다 어매는 일손을 거들기 위해 불려갔고, 뚜깐은 서진을 볼 욕심으로 떼를 써서 따라갔다. 서진은 다른 양반댁네 도령들과 달리 상것의 아이들하고도 잘 어울려 놀았다. 행랑채 자식들이나 드난살이하는 가난뱅이 아이들과도 동무가 되어 놀곤 했던 것이다. 뚜깐은 그런 서진이 좋았다.

열 살 때까지만 해도 그에게 시집가고 싶다고 공공연히 단언하는가 하면, 직접 그에게 시집가겠다고 선언한 적도 있었다. 서진은 그럴 때마다 웃으며 뚜깐의 머리를 쓰다듬어 주곤했다. 뚜깐은 서진의 그런 태도가 승낙이라 여기며 좋아했다. 그러나 열 살이 넘어서자 어른들은 그런 뚜깐의 말을 더 이상 용납하지 않았다. 심지어 어매는 매를 들기까지 했다. 말 같잖은 소리 말라는 것이었다. 그 때부터는 뚜깐은 서진에 대한 연모의 마음을 밖으로 드러내지 않았다. 대신 안으로 그 사랑을 키워 나갔다. 지금은 그이의 모습을 보기 어려웠으나, 생각하는 것만으로도 행복하고 기꺼웠다.

서진 도령은 몰라보게 자라 있었다. 키는 뚜깐보다 머리통 하나가 더 컸고, 코와 턱에 수염이 제법 무성했다. 수염 때문인지 열여덟보다 나이가 더 들어 보였다.

"많이 컸구나!"

서진 도령이 부끄러워 몸 둘 바를 몰라 하는 뚜깐에게 다정한 목소리로 말을 건넸다.

남녀가 유별한데 야심한 밤에 단 둘이 마주 서 있다니 눈에 띄면 경을 칠 일이었다.

"야심한 밤에 어딜 가는 게냐?"

옛날 같으면 '남이사!' 하고 톡 쏘아 주었을 테지만, 입술이 떨어지지 않았다. 대대로 역관 집안인 서진의 신분은 중인에 불과했으나 주막집 딸인 뚜깐에게는 하늘 같은 신분이었다.

주책없이 가슴이 발랑거리고, 얼굴과 등짝이 따끔거리고, 오금에 힘이 풀려 서 있기조차 힘겨웠다. 대답을 했던가, 못했던가? 땟국 졸졸 흐르는 애먼 옷고름만 물어뜯어 댔던가 말았던가?

"범이라도 만나면 어이 하려고?"

서진 도령이 농을 던졌다. 천하디천한 주막집 계집에게 농을 걸어 주다니, 감격스러웠다.

"또 보세!"

그 말을 남기고 서진 도령은 걸음을 옮겼다. 인사를 했던가 말았던가. 뚜깐은 얼른 나무 뒤로 숨어 서진 도령의 뒷모습을 바라보았다. 도령의 모습이 완전히 사라질 때까지 움직일 수 없었다. 풍경은 뭉개지고 사물은 흐릿했다. 몸이 땅으로부터 한 뼘 정도 두둥실 떠 있는 것만 같았다.

뚜깐은 몽롱한 눈길로 아득히 먼 곳을 향해 시선을 부려 놓은 채 실성한 아이처럼 실실 웃으며 뛰다가 두 팔을 벌리고서

맴을 도는가 하면, 나무에 등을 기댄 채 하늘을 올려다보기도
했다. 더웠다. 치마저고리를 훌렁훌렁 벗어 던지고 차가운 냇
물에라도 풍덩 뛰어들고 싶었다.

마음이 달떠 그대로 서 있을 수 없었다. 범에게 쫓기기라도
하는 것처럼 냅다 달렸다. 숨이 턱에 닿도록 달리고 또 달렸다.

관가 초소 앞을 지날 때였다. 은행나무에 등을 기댄 채 하늘
을 올려다보며 잠시 숨을 돌렸다.

"게 누구냐?"

초소에서 보초를 서고 있던 파수병의 목소리였다.

뚜깐은 '주막집 딸 뚜깐이네요!' 하려 했지만, 깜짝 놀라기
도 했거니와 숨이 차서 말이 나오지 않았다. 대답을 하려고 일
어서는데, 복면을 한 괴한이 휙 지나가는 바람에 도로 길섶에
주저앉고 말았다.

"섰거라!"

파수병들이 이쪽으로 달려왔다. 파수병들의 날카로운 목소
리와 그들이 들고 있는 목창이 두려워 뚜깐은 엉겁결에 괴한들
을 따라 달아나기 시작했다. 괴한들은 빠른 속도로 내달렸다.
그러나 뜀박질이라면 누구에게도 지지 않는 뚜깐이었기에 어
느새 앞서 달리던 괴한을 바짝 따라붙었다. 파수병들은 조금씩
뒤쳐지고는 있었으나 여전히 쫓아오고 있었다.

뚜깐은 모퉁이를 돌아 집으로 내달릴 참이었다. 막 모퉁이를 도는데, 솥뚜껑만한 손바닥이 뚜깐의 입을 틀어막았다. 괴한이었다. 뚜깐이 아무리 버둥거려 보았으나 괴한의 힘은 장사였고, 꼼짝도 할 수 없었다.

뒤늦게 따라온 파수병들이 모퉁이를 돌았다. 입을 틀어막고 있는 괴한의 거친 숨결이 뚜깐의 귓불에 확확 뿜어졌다. 숨이 막혔다.

파수병들이 괴한을 보지 못하고 저쪽으로 완전히 사라지자 뚜깐의 입을 틀어막고 있던 괴한이 손을 풀었다. 몽롱한 기운에 젖어 있던 뚜깐은 풀썩 바닥으로 허물어졌다. 정신을 차리고 일어났을 때, 괴한들은 이미 사라지고 없었다.

뚜깐은 집을 향해 걸으며 고개를 갸웃거렸다. 입을 틀어막았던 괴한의 낯이 익었다. 그런데 어디서 보았는지는 기억나지 않았다. 기억이 날 듯 말 듯 하면서도 떠오르지 않았다.

집에 도착해 동정을 살폈다. 봉놋방에서 손님들의 코고는 소리가 간간히 들려올 뿐 조용했다. 조심스레 방문을 열고 안방을 살폈다. 어매 혼자 잠들어 있었다. 그 옆에 조용히 누웠다.

이리 뒤척 저리 뒤척 한참을 뒤척였지만 도무지 잠이 오지 않았다. 자리끼 한 사발을 다 들이키고도 속이 가라앉지 않았다. 서진 도령의 모습이 아른거렸다.

간신히 잠에 들었을 때였다. 밖에서 인기척이 들렸다.

"주인장!"

손님이 온 모양이었다.

"방 없소!"

뚜깐은 방문을 빠끔히 열고 퉁명스럽게 소리치고는 방문을 닫아 버렸다.

"없긴 왜 없어."

언제 일어났는지 뚜깐네가 밖으로 나갔다.

손님은 둘이었다. 한 사람은 키가 크고 몸집도 큰 남정네였고, 다른 이는 아담한 키에 샌님 같은 남정네였다.

"밤늦게 죄송하외다!"

샌님 같은 남정네가 예의를 차렸다.

"죄송한 줄 알았으면 됐으니 가 보시오!"

예의를 차리는 객을 향해 뚜깐은 매몰차게 쏘아붙였다. 손님에게 버르장머리 없이 군 뚜깐에게 화가 났는지 뚜깐네는 한쪽에 쌓아 둔 장작더미에서 장작개비 하나를 집어 들었다. 뚜깐은 얼른 문을 닫는 수밖에 없었다. 뚜깐네는 귀찮게 구는 개를 쫓듯 뚜깐을 방 안에 가둔 뒤 손님을 맞았다.

"방은 없구, 헛간 방이 있긴 한데, 그 방이라두 괜찮으려우?"

"예!"

"저녁들은 자셨수?"

헛간 방으로 안내하며 뚜깐네가 묻자, 몸집이 큰 남정네가 입을 열었다.

"먹긴 먹었는디, 출출하네요이. 이누메 배아지는 묵고 돌아서면 고프요."

"국밥이라도 말아 디릴까?"

"워메메, 요로케 고마울 데가! 감사하구마니라!"

덩치 큰 사내가 어매에게 꾸벅 허리를 굽혔다.

똥낯짝이다!

덩치가 큰 남정네는 똥을 닦겠다고 나라말 괘서를 지니고 있다 고초를 겪은 바로 그 더벅머리 사내였다. 뚜깐은 문틈으로 헛간 방으로 안내되어 가는 남정네들을 훔쳐보았다.

'설마!'

뚜깐은 고개를 갸웃거리며 '설마!'를 되뇌었다. 더벅머리가 아까 관가 초소에서부터 파수병에게 쫓기던 괴한이 아닐까 의심이 되었던 것이다.

'그럼 그렇지! 생긴 것부터가 날도둑놈처럼 생겼더라니!'

똥낯짝이 제 발로 걸어왔으니, 뚜깐에겐 낮에 당한 수모를 갚아 복수할 수 있는 절호의 기회였다.

"어매, 저것들 잘 지키고 있소! 내 관가에 다녀올 테니!"

뚜깐은 남정네들을 헛간 방으로 안내하고 돌아온 어매에게 귓속말을 했다.

"관가엔 무엇하러?"

"도둑이란 말요!"

"쓸데없는 소리!"

"아니오, 병졸 나으리한테 쫓기는 걸 이 두 눈으로 똑똑히 봤소!"

"이 애가 그래두! 어여 잠이나 자!"

뚜깐은 어매에게 떠밀려 어쩔 수 없이 주저앉았지만, 신경은 온통 헛간 방에 쏠려 있었다. 무슨 기척이라도 들리지 않을까 귀를 기울였다. 그러나 아무 소리도 들려오지 않았다.

뒷간에 가는 척하고 헛간 방으로 가 보았다. 불이 꺼져 있는 것으로 보아 잠이 든 모양이었다. 방문 대신 쳐 놓은 거적때기를 조심스럽게 들추고 방 안을 살펴보았다. 관가에 고발하기 전에 마지막으로 그 괴한이 맞는지 확인할 참이었다. 더벅머리는 생긴 것과 달리 옹색하게 웅크린 채 잠들어 있었고, 샌님처럼 생긴 사내는 흐트러짐 없이 단정한 모습으로 반듯이 누워 있었다. 이리 보고 저리 보아도, 틀림없이 그 괴한들이었다. 어쩌면 단순한 도둑들이 아니라 살인범일지도 모른다는 생각이

들었다. 온몸에 소름이 오싹 돋았다.

발소리를 내지 않기 위해 조심하며 뒤돌아서려는데, 누군가 뚜깐의 입을 틀어막았다. 비명을 지를 새도 없이 다시 방 안으로 끌려 들어갔다.

"뭣하는 작자 건데 알짱거려 쌌소? 옳거니! 요것이 뉘당가! 성님, 요 가이내가 지가 말씀 디렸던 바로 고 가이내요."

뚜깐의 입을 틀어막은 채 더벅머리가 말했다.

"자네 말대로 예쁘구만."

"아따따! 나, 나가 어, 언제 이쁘다고 혔소! 싸가지라곤 없는 가이내라고 혔……."

말을 하다 말고 더벅머리가 '윽!' 비명을 삼키며 오만상을 찌푸렸다.

"어이 그러는가, 아우?"

아녀자처럼 가늘고 여린 목소리의 샌님이 더벅머리의 표정을 살피며 말했다. 더벅머리는 대답 대신 뚜깐의 입을 막았던 손을 털며 울상을 지었다. 방심하다가 뚜깐에게 손가락을 깨물린 것이다. 뚜깐은 그 틈을 타서 달아나려 했으나 더벅머리는 잽싸게 뚜깐을 잡아 쓰러뜨린 뒤, 입에 재갈을 물리고 무명 허리끈으로 결박시켜 방구석에 몰아넣었다.

"워메 아픈 거!"

더벅머리는 뚜깐의 빰을 후려갈길 듯 손을 쳐들었다.

"그만두게, 아우!"

샌님이 만류하자 더벅머리는 손을 내리고 물어뜯긴 곳을 살폈다.

"괜찮은가?"

"살점이 다 떨어져 나갔소, 보시오!"

샌님은 더벅머리가 내민 손바닥을 보았다. 살점이 떨어져 나갈 정도는 아니었으나 이빨 자국이 선명했다.

"그건 그렇고……."

샌님은 더벅머리를 구석으로 데려가 귓속말을 했다.

"관가 앞에서 본 아이가 틀림없는가."

"그렇다마다요. 나가 저 노무 가이내 땀시 고자 될 뻔했는디, 아무리 어둠 속이지만서도 못 알아보겠습니까. 저 아이가 틀림없소."

"허면, 어이한다?"

"나불거리지 못하도록 조치를 취해야겠지라. 나가 다 생각이 있잉게! 그람 귀갱이나 하시오!"

그렇게 속삭인 뒤, 더벅머리는 구석에 결박된 채 웅크리고 있는 뚜깐에게 다가갔다. 솥뚜껑만한 손을 움켜쥐자 손마디에서 우두둑! 솔가지 부러지는 소리가 났다. 뚜깐은 더 물러설 데도 없건만 뒷걸음질을 쳤다.

"아그야, 아까 관가 앞에서 우리랑 마주 쳤쟈? 쯧쯧쯧! 이를 워쩌까이! 못 볼 걸 봤이야. 아따, 요런 갱우엔 차라리 눈 달린 것이 원망스러울 것이다. 허나 워쩔겨, 이미 봐 부린 것을! 그건 글코, 내 입으로다가 내 소개를 하장게 쪼까 쑥스런디, 초면도 아니고 항게 소개를 해야 쓰겠네. 나로 말씸 디릴 것 같으면 말시, 단도직입적으로다가 말해서, 살인 죄인이여. 사램 목심은 파리 목심하고 다를 바가 없다고 생각하는 이가 바로 나란 말시. 지금까장 이 손에 멕아지가 부러진 놈만 수십이여. 허면! 저기 저 분은 어떠냐, 수백이 저 분 손에 죽었어! 길게 야그 할 거 없이, 간단허니 하자!"

여기까지 옛날 얘기나 하듯 부드럽게 말하던 더벅머리가 갑자기 돌변해서 험하게 인상을 구기며 뚜깐을 잡아먹을 듯이 노려보았다.

"주둥이 함부로 나불거렸다간 갈아마셔 뿔 팅게, 알아서 겨라이! 알겄냐! 우리 패들로 말할 것 같으면, 백두산부터 금강산, 지리산까지 전국 산야에 수천이여. 관가에 고발해서 우리가 딸려 들어가는 날엔, 너는 우리 패들한티 죽어. 너만 죽이간디, 느그 어매, 아배, 할매, 할배 할 것 없이 삼족을 싸그리 멸해 버릴겨! 여기까장!"

더벅머리는 '여기까장'을 끝으로 말을 마친 뒤, 뚜깐의 결박을 풀어 주었다.

뚜깐은 죽다 살아난 것만 같았다. 열여섯 해를 사는 동안 그토록 무서웠던 적은 없었다. 온몸을 사시나무 떨듯 떨며 간신히 안방으로 들어왔다. 관가에 고해 바쳐 보상금을 타야겠다는 생각은 자라 모가지 등가죽에 들어가듯 쏙 들어가 버렸다.

4

세 형님

천년 만에 물 위로 떠오른 거북이
대해(大海)를 떠다니던 나무판자 구멍에 목을 디밀듯
하늘을 날아다니던 새가 만년 만에 물 위로 버려
바람에 구르는 나뭇잎 위에 앉듯
세 형님을 만났으니
하늘이 버려 주신 행운이라

〈탑돌이를 하는데 나비가 어깨에 버려앉다〉
정축년(丁丑年, 1517년) 사월 초파일, '해문이슬'

"괘선가 머시긴가 따문에 검문을 해싸서 성가셔 죽겠네!"

"그러게 말여! 지난 밤에 괴한들이 또 나타나서 온 동네 벽
에다가 괘서를 붙였다는구먼!"

"간밤에 온 동네 개들이 짖어 대더니만……."

"관가 대문짝에도 붙였다던걸, 간댕이가 부어도 유분수지."

"망할 놈으 시끼들! 워떤 시러베 잡것인 중 몰러두 참말로

할일 없는 것들이지, 뭐 좋은 게 있다고 그 지랄하고 다녀서 애먼 사람들만 성가시게 하느냔 말이여! 관가에서는 뭣들하고 있대. 군졸들이라두 풀어서 싸그리 잡아들이지 않고!"

"죄다 언문으로 쓰여졌다대!"

"집현전 고위 학자셨던 최만리 선생 말씀을 새겨들었어야지, 선생이 언문 만들 당시부터 반대를 하셨었잖여."

"그누무 언문인가 뭐시긴가는 뭣하러 맹글어 가꼬 그 난리래."

"문자 내비 두고 언문이라니! 앵, 쌍것들!"

뚜깐은 아궁이에 장작을 집어넣으며 마당 평상에 모여 앉아 떠드는 객들의 소리에 귀를 기울였다.

"에이씨! 재미없어!"

뚜깐은 부지깽이를 냅다 집어 던졌다. 벌써 사흘째 문밖출입을 못하고, 어매를 도와 부엌일을 하자니 좀이 쑤셨다.

밥하고 빨래하고 불 지피고 청소하고, 아낙네가 하는 일이란 어찌 이리도 하나같이 따분하고 재미없는 일뿐인지 한심했다. 남정네들처럼 술 한 잔 앞에 놓고, 세상 돌아가는 얘기나 하면서 시간을 소일하면 얼마나 좋을까 싶었다. 새삼 남정네로 태어나지 못한 게 억울하고 속상했다. 자기가 남정네라면 우선 무술을 익혀 아무도 대적할 놈이 없게 하고, 북한산을 출발해서 설악산, 금강산, 백두산을 휘돌아 묘향산, 구월산을 거쳐 지리산까지 한 바퀴 세상 구경을 하고 싶었다. 헌데 백두산은커녕 목멱(남산)에도 올라가 보지 못했지 않은가. 전국의 산 속에 패들이 있다는 헛간 방의 더벅머리와 샌님이 부러웠다.

뚜깐네가 빈 그릇들을 챙겨 부엌으로 들어서며 뚜깐에게 말했다.

"헛간 손님들 점심 드시게 나오시라구 해라."

"그 인사들 왜 안 가고 저기 죽치고 앉았대? 아예 여기서 눌러 살려는 거 아니우?"

"꼬박꼬박 밥값 주고 방값 주는데 오래 있음사 우리야 좋제!"

"어매, 헛간 손님들한테 잘해 주지 말어."

"너나 점잖은 양반들한테 버릇없이 굴지 말어 이것아."

"그렇지 않대두! 어매, 실은……."

"쓸데없는 소리 말구 어여 가서 식사들 하시라구 해!"

"아이 참! 내 말 좀 들어 보래두! 그 치들……."

"아지매!"

그 때, 한 경상도 사내가 고개를 빠끔히 디밀었다.

사내는 하관이 쪽 빠지고 머리가 큰 것이 따비 날처럼 역삼각형으로 생겼는데, 그 얼굴에 콧수염이 입가에 양쪽으로 붙고 몇 가닥 되지 않는 수염이 또 고드름처럼 턱에 매달려 있었다.

"뭐 쫌 물어 보까 싶어서 그카는데……."

"기척이라두 하고 문을 열어야 될 거 아녜요. 간 떨어질 뻔했잖여요!"

뚜깐이 가재미눈으로 사내를 흘겨보며 퉁을 주었다.

"기척했으요. 못 들었는가꾸마는!"

그러면서 캥! 캥! 콧방귄지 기침인지 기척 시범을 보였다.

"물어 보시구래."

뚜깐네가 나섰다.

"거 혹시! 몸집이 미련곰퉁이처럼 크고, 낯짝은 황소가 짓밟고 지나간 거맹키로 생긴 놈하고, 야리야리하고 예쁘장하게 생긴 선비님 보지 못했는교? 이 근처 주막집에 있겠다 캤는데!"

쥐처럼 생긴 사내가 헛간 방 손님들을 찾는다는 소리에 뚜깐은 웃음을 멈추었다. 우습게 봤더니 저 치도 그 흉악한 도적놈이란 말인가.

"우리 집에 묵고 계시네요! 뚜깐아, 헛간 방으로 모셔 디려라! 그럴 게 아니라, 식사도 하셔야 할 테니 이리로 나오시라 해라!"

뚜깐네가 시키는 대로 뚜깐은 헛간 방으로 갔다.

"으아악! 아이고 어매! 나 살려!"

헛간 방 앞에 다다랐을 때, 안에서 비명 소리가 들리더니, 더벅머리가 기겁하며 뛰쳐나왔다.

"쥐쥐쥐쥐……!"

사색이 된 더벅머리가 뚜깐의 등 뒤에 숨으며 몸서리를 쳤다.

잠시 뒤, 샌님이 산 쥐를 들고 나왔다. 꼬리를 잡힌 쥐가 바동대며 찍찍거렸다.

"아이고 성님! 지발 저쪽으로 치우씨오! 징해 죽겄소!"

더벅머리는 뚜깐의 뒤춤에 숨어서 진저리를 치며 애원했다.

뚜깐은 쥐가 무서워 벌벌 떨고 있는 더벅머리의 꼴을 보니, 수십 명의 목숨을 눈 하나 깜짝하지 않고 잡았다는 그의 말이 미심쩍었다.

"절마 저거 한양까지 와서도 등치 값을 못하네! 꼬라지 좀 봐라! 에라이 쪼다 같은 눔!"

쥐처럼 생긴 사내가 더벅머리에게 퉁을 주었다.

"으미 세모돌 아녀!"

더벅머리가 사내를 발견하고 반색을 했다.

"그래 행님이다! 잘 있었나 바우뫼야!"

세모돌이라고 불린 사내와 더벅머리는 한동안 반갑게 악수를 했다. 더벅머리는 눈물까지 질금거리며 반가워했다.

"형님! 그간 별고 없었심꺼!"

세모돌은 샌님에게 깍듯이 허리를 숙여 예를 차렸다.

"자네도 잘 있었는가! 헌데, 사부님은?"

"어디 좀 들렀다 오시겠담서 먼저 가 있으라꼬 분부하시니더."

"알겠네! 사부님 뫼시고 오느라 수고했을 텐데, 가서 식사하고 푹 쉬게나!"

"아이고 말도 마이소. 금강산에서 여기까지 오는데, 팔순 노인네가 우째 그리 걸음이 빠르던지 따라오니라고 똥줄 빠지는 줄 알았심더."

"그렸을 거이다. 나가 그 늙은이허구 같이 안 올라고 내뺐잖여. 재작년인가 재재작년인가, 개성 김 참의 댁에 갈 적에 나가 모셨잖어. 으미미 그 때 생각하먼 치가 다 떨린당게. 금강산에서 개성까지가 월매나 먼 길이여. 근디, 점심 때하구 잠 잘 때 딱 두 번밖에 안 쉬는 겨. 걸음은 좀 빨러. 그래 쬠만 쉬었다 가자고 허먼, 고노무 지팽이로 골통을 인정사정 읎이 때림시로, 잔말 말구 따라와 이누마! 하고는 가 분진다 말시. 생각만 혀두 머리통이 욱신거리네. 나가 언젠가는 고노무 박달나무 지팽이를 똑깍 분질러 버리고 말겨."

"지발 쫌 그래라. 내 정수리께 좀 보거라, 대가리 다 터졌제.

작대기로 맞아가 이래 된 거 아이가!"

"아구야, 요것이 맞아서 생긴 혹이냐. 수박만 허네! 사부님도 참, 아조 잡자고 들었구나. 세모돌아, 요번에 워찌케 해서라두 지팽이를 없애 불자 잉!"

"오야 오야, 골백번 찬성이다!"

"성님! 우리 야그 못 들은 걸로 해 주시오. 성님이야 고놈 지팽이로 맞아 본 적이 없잉게 월매나 징한 물건인 중 모를 것이오만, 지들은 지팽이만 생각하문 아주 몸써리가 나부요. 헝게 사부님헌티 일르기 없기요."

뚜깐은 바우뫼와 세모돌이 얘기하는 소리를 엿들으며 사람을 파리 목숨처럼 죽이고 다닌다는 더벅머리 말의 진의보다, 세상을 이리저리 떠돌아다닌다는 데 더 흥미가 끌렸다. 생긴 건 둘 다 같잖았으나 세상을 제 집처럼 헤집고 다닌다는 얘기를 듣고부터는 그들이 부럽고 존경스럽기까지 했다.

서진 도령의 각시가 되지 못할 바엔 차라리 혼자 살고 싶었다. 혼자 살면서 세상을 떠돌고 싶었다. 이태 전 남사당패가 왔을 때 따라나서지 못한 것이 한이었다.

집 안에만 틀어박혀 있자니 숨이 콱콱 막히는 기분이었다. 요즘 들어 여기저기에서 혼사가 오가고 있는 모양이었다. 미치고 환장할 노릇이었다. 언니처럼 시집가서 죽도록 고생만 하다가 죽기는 싫었다. 어매처럼 살고 싶지도 않았다. 그렇게 사느니 세상을 떠돌며 이것저것 구경이나 하다 죽고 싶었다. 어매만 아니라면 봇짐 하나 꾸려 집을 나가고 싶을 때도 많았다. 차라리 중이 되어 산 속으로 숨어들고 싶기도 했다. 하지만 중이되자니 머리를 빡빡 밀어야 하는 게 영 내키지 않았다.

헛간 방 일행은 마당 평상에 올라앉아 점심을 먹고 있었다. 뚜깐은 부엌에서 그들의 이야기를 엿듣다가 문득, 그들의 정체를 알고 싶었다. 겁이 나긴 했으나 용기를 내어 뒤꼍으로 통하는 부엌문을 열고 나가 헛간 방에 몰래 들어갔다.

방 안을 들어서자 남정네 특유의 퀴퀴한 냄새가 코를 찔렀다. 흥미를 끌 만한 물건은 눈에 띄지 않았다. 선반 위에 올려놓은 봇짐 두 개가 눈에 띄었다. 주인이 누구인지 물어 보지 않아도 알 수 있었다. 하나는 옆구리가 터진데다 얼마나 빨지 않았던지 때가 꼬질꼬질했으나, 다른 것은 헝겊으로 기운 자국은 있었으나 땟자국 하나 없이 깨끗했다.

우선 더벅머리의 것으로 보이는 더러운 봇짐을 뒤져 보았다. 때에 전 버선과 처박아 놓고 얼마나 빨지 않았던지 곰팡이가 슨 속곳 두어 장이 나왔다. 지저분해서 더 뒤져 보고 싶은 마음이 싹 달아나서 밀쳐놓았다가 혹시나 싶어 화로 옆에 놓여 있던 부젓가락으로 다시 속을 뒤져 보기 시작했다. 버선과 속곳 더미 안을 헤집던 부젓가락이 딸그락거렸다. 속을 까뒤집어 보니, 생뚱맞게도 벼루와 붓, 먹, 연적 같은 물건이 나왔다. 칼이나 표창 따위가 아니라 문방구였다. 의외가 아닐 수 없었다.

이번에는 샌님 것으로 보이는 깨끗한 봇짐을 뒤져 보았다. 역시 종이를 뺀 문방사우가 들어 있었다. 집히는 게 있었다.

뚜깐은 봇짐 속에 물건들을 쑤셔 놓고 막 방을 나서려는데, 안으로 들어서던 샌님과 마주치고 말았다.

"아이고 어매!"

뚜깐은 비명을 지르며 뒤로 물러나다 구석에 개켜 놓은 이불 더미 위로 주저앉았다. 샌님은 날카로운 눈매로 뚜깐을 응시하며 문 앞에 우뚝 서 있었다.

"남정네들 방에 어인 일이시오?"

"그, 그게……."

뚜깐은 더듬거리다가 순간적으로 기지를 발휘했다.

"이, 이불을 가져가려굽쇼."

그렇게 말하며 두어 장의 얇은 이불을 들어올렸다. 이불 아래 있던 서지 꾸러미가 드러났다. 서지 한 장이 펼쳐져 있었다. 그것을 본 뚜깐은 움직일 수 없었다. 이불을 다시 제자리에 갖다 놓아야 할지 들고 나가야 할지 판단이 서질 않았다. 서지 꾸러미는 다름 아닌 나라말 패서였다.

바우뫼와 세모돌이 방 안으로 고개를 디밀었다. 둘은 어이된 영문인지 몰라 샌님을 바라보았다.

"잘 좀 빨아 주시오!"

샌님은 뚜깐이 나갈 수 있도록 방문에서 비켜 주며 부드럽게 말했다. 뚜깐은 이불 보퉁이를 안아 들고 부리나케 방에서 물러 나왔다.

"우예 된 일입니꺼?"

세모돌이 방 안으로 들어서며 자초지종을 물었다.

"내 요년을!"

바우뫼는 봇짐이 아무렇게나 내팽개쳐져 있음을 발견하고 뚜깐이 몰래 들어와 뒤졌다는 사실을 눈치 채고 뚜깐을 쫓아 나가려 했다.

"그만두게 아우!"

샌님은 서지 뭉치를 정리하며 밖으로 나가려는 바우뫼를 만류했다.

"어째 그요! 남의 방에 들어와서 짐을 뒤졌는디도 놔 두란 말요 시방."

그러나 문이 벌컥 열리는 바람에 바우뫼는 말문을 닫을 수밖에 없었다. 방문 앞에는 이불 보퉁이를 든 뚜깐이 밑도 끝도 없이 바우뫼 일행을 향해 말했다.

"나두 끼워 주서요!"

뜬금없는 소리에 바우뙤 일행은 어안이 벙벙해서 눈망울을 굴리고만 있었다.

"나두 끼워 달란 말이어요!"

뚜깐이 이불 보퉁이를 내던지며 다시 한 번 말했다.

"끼워 달라니 이기 무신 소리고?"

"잘 왔다. 그렇잖두 찾아가 볼라고 혔는디."

바우뙤는 뚜깐의 손목을 잡아 당겼다. 그러나 뚜깐에게 팔 뚝을 물어 뜯기고는 손목을 놓아 주고 말았다.

"퉤! 퉤! 어그 드러!"

바우뙤의 손목을 깨물었던 뚜깐은 바닥에 침을 뱉으며 오만 상을 찌푸렸다.

"아구구! 아픈 거! 살쾡이 괴기를 삶아 먹었나, 툭 하면 사람 을 물어 싸 요것이! 오냐, 나가 다시는 이를 못 쓰도록 몽창 뽑 아 줄 팅게 요리 오니라!"

바우뙤가 뚜깐에게 다가섰다.

"참아라 고마! 바우뙤 니가 잘못했지 뭐. 남녀가 유별한데 시집도 안 간 처자 손목을 덥석 잡았으이 물어뜯기도 싸다. 그 건 글코, 빨아 준다던 이불은 와 그냥 갖고 왔고, 뜬금없이 낑가 달라는 건 또 무신 말인지, 조목조목 얘기를 해 보소."

바우뫼를 뜯어말리며 세모돌이 말했다.

"끼워 주지 않으면 관가에다 고해바칠 테니 알아서 하셔요."

뚝깐의 당돌함에 남정네들은 기가 눌렸다.

"하! 시절이 하 수상항게로 같잖은 것이 다 깝쳐 쌌네! 니 눈에는 고것이 아그들 숨바꼭질 놀이로 뵈드냐, 요 맹랑한 것아!"

바우뫼는 귀엽다는 듯 뚝깐의 머리를 쓰다듬어 주려다가 뚝깐이 물어뜯으려고 덤비자 기겁하며 뒤로 물러났다.

"나두 알만한 건 다 아는 어엿한 숙녀여요. 어린 아이 취급 하지 말란 말요."

뚝깐이 바우뫼에게 쏘아붙였다.

"정수리에 숨구녕도 덜 말라붙어서 몰랑몰랑한 것이 뭣이라, 숙녀! 아구 요걸 기냥!"

바우뫼는 팰 듯이 손을 쳐들었으나 뚝깐에게 물리지 않도록 경계를 늦추지 않았다.

"가만있어 보게 아우!"

샌님은 낮고 가냘프나 엄한 목소리로 바우뫼를 저지한 뒤, 특유의 날카로운 시선으로 뚝깐을 가만히 응시했다.

뚝깐은 애원하는 눈빛으로 샌님을 바라보며 입을 열었다.

"듣자 하니 조선 천지 명산을 떠돈다는데, 쇤네도 함께하고 싶으이다. 귀찮게 굴지 않을 테니 거두어 주서요. 시키는 일이라면 뭐든지 할라네요. 괘서도 붙이고……."

여기까지 말했을 때, 바우뫼가 뚜깐의 입을 틀어막았다가, 아차 싶었는지 기겁하며 손을 떼고 저만치 물러나 윽박질렀다.

"입 간수도 지대로 못함서 따라 나서긴 워딜 따라 나선다고 깝쳐 쌌냐!"

바우뫼가 발끈했다.

"외동딸 같던데."

샌님이 바우뫼의 말꼬리를 자르고 부드러운 목소리로 뚜깐에게 물었다.

"재 너머 마을로 시집간 언니가 하나 있었는데 죽었으니 외동딸은 외동딸이네요. 이태 전 여름에 물에 빠져 죽었소. 일 않고 날 덥다고 멱 감으러 갔다가 물귀신한테 홀려 죽었다고 시어마씨 되는 사람이 와서 그러더이다만, 들리는 소문에는 풍 맞은 시아배 수발에, 시어마씨 구박에, 시동상들 등쌀에 죽을 지경인데, 신랑이라는 작자는 주먹질에, 계집질에, 노름질에, 온갖 것 다하고 다니니 안 죽고 어찌 배기겠냐고 하더이다. 쇤네는 그리 살지 않을라네요. 불쌍한 언니 꼴은 안 당할라네요. 그러니 저 좀 데려가 주시오. 한 십 년만 세상 귀경하고 와서 우리 어매 모실라요."

"우리는 팔자 좋게 세상 유람하는 이들이 아니오."

뚜깐의 말을 듣고 세모돌이 나섰다.

샌님은 뚜깐의 표정을 뚫어지게 바라보며 잠시 생각에 몰두해 있다가 말을 꺼냈다.

"이 동네에 두어 달은 머물다 떠날 것 같으니, 우리를 따라나서고 말고는 그 때 가서 결정하세! 헌데, 글을 배울 생각은 있는가?"

샌님의 말에 뚜깐은 잠시 머뭇거렸다. 글을 배운다는 생각은 전혀 해 본 적이 없었기 때문이다.

"무술이라면 또 모를까……."

뚜깐이 말끝을 흐렸다.

"변변치는 않으나 무술도 가르쳐 줌세. 대신 글도 함께 배워야 하네."

샌님이 말했다.

뚜깐은 대답을 망설였다. 무술을 배우는 것은 좋았지만 글을 배우는 건 썩 내키지 않았다. 양반 다리를 하고 앉아 상체를 좌우로 흔들며 공자 왈 맹자 왈 중얼거리는 따분한 짓은 하고 싶지 않았다. 하지만 글을 알고 싶기는 했다. 괘서를 읽을 수만 있어도 좋을 것 같았다.

"가르쳐 주신다면야 저야 뭐 감사합지요."

글을 배우지 않겠다고 하면 무술은 물론이고 패거리에 끼워 주지도 않을 것 같아 뚜깐은 마지못해 대답했다.

"자, 그럼 이래 만난 것도 인연인데 통성명은 하고 지냅시 더. 세모돌이라 캅니다. 만나서 반갑심대이."

세모돌이 인사를 건넸다.

"야그가 요상하게 돌아가 분지네! 아따 처신하기 참말로 애 매허네요이!"

바우뫼가 난감해 했다.

"인사해라, 짜슥아! 처자, 야가 생긴 거는 곰발바닥맹크로 생겼으도 마음결 하나는 비단결 같은 기라요. 좀 무식해서 그 렇지, 겪어 보마 사람 하나는 진국이라 카요. 앞으로 잘 지내 보이소."

"내 이름은 바우뫼여. 한 번만 더 깨물자고 달려들먼 가만 두지 않을랑게."

바우뫼는 통성명 끝에 쑥스러움을 감추려고 인상을 찌푸리 며 뚜깐을 협박했다.

"뜰에봄이라 하네."

샌님이 마지막으로 자신의 이름을 밝혔다.

"이름들이 이상하지요?"

세모돌이 나섰다. 그렇지 않아도 궁금하던 차였다.

"사부님이 지어 주신 이름인 기라요. 한자를 쓰면서 뙤놈식으로 이름을 쓰게 되는 바람에 다 잊아 뿌리서 인자는 안 쓰지만도, 옛날에 우리 선조들은 모다 이런 식으로 이름을 지었다 아잉교. 처음에는 좀 낯설 거요만, 차차 익숙해질 기라요."

그렇게 통성명을 하고 뚜깐은 헛간 방을 나왔다.

"어매! 어매!"

뚜깐은 부엌으로 달려들며 호들갑을 떨었다.

"나 헛간 방 나으리한테 무술 배우기로 하였소! 뭐 글도 갈쳐 준다눈만!"

"사리 분별이 있는 양반들인 줄 알았더니, 순 공갈쟁이로세. 당장 쫓아내든지 해야지 원……."

뚜깐네가 심드렁한 표정으로 말했다.

"쫓아내다니 누굴? 헛간 방 나으리들? 안 되오 어매! 그 인사들 나 무술이랑 글 갈쳐 주기로 했다잖소."

함께 기뻐해 주리라 생각했던 뚜깐네가 의외의 반응을 보이자 뚜깐은 답답했다.

"계집한테 글을 가르쳐 준다는 말, 이날 이때꺼정 듣도 보도 못한 소리다. 작자들 보자 하니 수상하구나!"

"수상하긴 뭐가 수상해, 어매는!"

"저 작자들, 순진한 계집들 꼬드겨서 내다 판다는 포주 놈들 아니어?"

"모르는 소리 작작하소. 헛간 방 나으리들 실은 괘……."

괘서를 붙이고 다닌다고 하려다 아차 싶어 얼른 입을 다물었다.

"헛간 방 나으리들 그런 인사 아니라니까 그러우!"

"네 년이 어찌 알아! 그 인간들이 뭘 하는 작자들인지, 어떤 맴을 먹고 있는지 네 년이 어찌 알아?"

"척 보면 모르오! 하는 행실로 보나, 생긴 걸로 보……."

샌님을 제외하고 생긴 것으로만 보면, 그 누가 봐도 산 도적놈들이 영락없다는 데 생각이 미쳐 뚜깐은 말을 끊었다.

"어매도 그랬잖우. 점잖은 이들이라구."

"사내들은 다 토깽이 탈 쓴 늑대여."

"늑대 탈 쓴 토깽이도 있는 법이잖우. 저 이들 경우가 그렇대니까. 곰발바닥처럼 생긴 이 봐. 겉모습은 영락없는 산적이잖어. 헌데, 하는 짓은 쥐가 무서워서 질질 짜는 겁보래니까. 얼마나 귀여운데!"

"고향은 어디다더냐? 양친은 살아 계시고?"

"그야 모르지……."

뚜깐은 대답해 놓고 이상해서 어매를 보니, 더벅머리에 대해 묻는 저의가 빤했다. 사위 삼자는 것이었다.

뚜깐은 소리를 빽 질렀다.

"어매!"

"아구 깜짝이야! 년아 귀청 떨어지겠다!"

"누가 그 똥낯짝한테 시집가겠대! 시집 안 간다구 했잖어."

"에미가 뭐라든? 년, 펄쩍 뛰는 꼴이 심상찮네. 그리구, 시집 안 가고 평생 이러구 살래."

"어매는 내가 언니처럼 시집가서 고생이나 하다 죽었으면 좋겠수. 어매도 시집와서 좋았소? 뼛골이 부서지도록 일만 하고, 좋은 게 뭐가 있우. 난 언니나 어매처럼 답답하게 안 살라네요."

"신랑만 잘 만나 봐, 고생을 왜 하나."

"좋은 신랑 만나서 호강할 생각도 없소. 세상에 나가서 신나게 살라요. 도술도 익히고 글도 배우고……."

"저게 저게 뭐가 되려구 저러나! 지발 정신 차려 이것아! 계집이 도술은 배워서 어따 쓰고, 글 나부랭이는 배워서 또 어따 써!"

"어매, 나무나 한 짐 해 올라네!"

뚜깐은 더 이상 어매와 입씨름을 하기 싫어 피할 빌미로 나무를 하겠다고 물러 나왔다. 아배는 다리를 다친 후에는 그걸 핑계로 그나마 하던 나무조차 아예 작파해 버린 채 노름방에서

만 죽치고 살았다.

뚜깐은 설거지를 하거나 빨래를 하는 것보다 산에 가서 나무를 해 오는 게 더 좋았다. 도끼질도 웬만한 장정 못지않게 잘했으며 힘도 세어서 지게 가득 나무를 짊어지고 돌아왔다. 나무하는 게 좋아서라기보다 산에 오르면 산 아래 마을이며 먼데까지 한눈에 내려다볼 수 있어서 좋았다. 후딱 나무를 한 지게 해 놓고는 시야가 툭 트인 산꼭대기에 올라 눈길이 닿는 데까지 먼 데로 시선을 주고서 시원한 바람을 들이키는 것만큼 상쾌하고 기분 좋은 일은 없었다. 무술을 배우게 되어 기쁘기 한량없는 마음을 산에 가서 소리라도 냅다 질러야 좀 진정이 될 것 같았다. 무술을 배우게 되어 좋기는 한데, 그 대신 글을 배워야 한다니 생각만 해도 따분했다. 별 쓸모도 없을 글은 배워서 무얼 한담!

글을 배우면 쓸 데가 꼭 하나 있을 것 같긴 했다. 서진 도령에게 서찰을 보낼 수 있을 테니까!

서찰을 보내게 된다면 무슨 말을 쓸까? '도련님, 도련님, 야속하신 도련님! 내 마음을 훔쳐 가신 도련님! 내 마음도 몰라주는 도련님!' 원망을 할까, '서걱서걱하는 모래밭에 구운 밤 닷 되를 심어 그 밤이 싹이 나야만 임을 잊을 거야요. 구슬이 바위에 떨어진들 끈이야 떨어질 리 없듯 천 년을 외롭게 산다 해도

임 향한 내 마음이 변할 줄이 있으리오.' 일편단심을 노래할까?

원망이든 다짐이든 서진 도령에게 속마음을 드러내 보여 줄수 있다면 여한이 없을 텐데……

글을 꼭 배우고 싶었다. 당장이라도 글을 배워 서진 도령에게 서찰을 보내고 싶어 안달이 났다.

5

열여섯 꽃비

봄바람에 앵두꽃 벚꽃이
분분히 흩날리던 날
꽃비 맞으며
열여섯 초봄을 걸어가네

〈꽃잎이 얼굴에 떨어져 낮잠을 깨다〉
을미년(乙未年, 1535년) 사월 열여드레, '해문이슬'

뚜깐은 서진 도령에게 쓸 서찰 내용을 떠올리느라 히죽거리
며 나무를 하러 산으로 향했다. 지게가 가붓했다. 개울을 건너
기 위해 징검다리를 막 건너려던 참이었다.

개울가에서 웃음소리가 들려왔다. 차림새로 보아 양반은 아
니고 중인의 자제분들이 그늘에 앉아 술잔을 기울이고 있었다.
들으려고 한 것은 아니었으나 그들의 목소리가 들려왔다.

"궁궐에서는 채홍…… 뭐라더라…… 이보게, 전국에서 예
쁜 계집을 뽑아 올린다는 채홍, 그 뭔가……."

"채홍준체찰사(採紅駿體察使) 말인가!"

"옳거니! 채홍준체찰사를 두어 전국에 쓸 만한 계집이라는 계집은 모두 쓸어다 임금님께 갖다 바친답니다. 그 홍청들의 수발을 들며 연일 연회가 베풀어진다 하여이다. 뿐만 아니라 수시로 궁궐을 빠져 나와 여염집 아낙에게도 수청을 들게 한다지 뭡니까. 여염집 아낙은 물론이고, 심지어 비구니와 무당까지 취한다 하더이다."

"그래야지! 암 그래야 하고말고! 이 땅의 계집은 모두 나라님의 계집이 아니더냐!"

"그러문입쇼."

그들의 입에서 나오는 소리가 천하기 그지없었다.

징검다리를 건너야 하는데, 그러자면 작자들의 눈에 띌 수도 있었다. 그냥 돌아갈까 하다가 여기까지 온 것이 아까워 개울 쪽으로 걸음을 옮겼다. 설마 저희들이 어쩌랴 싶었다.

개울을 거의 다 건넜을 때였다.

"게 섰거라!"

개울 아래쪽에서 나는 소리였다. 가슴이 철렁 내려앉는 듯했다. 하지만 곧 '흥! 상전이면 상전이지, 내 상전인가!' 싶어 못 들은 척 걸음을 옮겼다.

"주막집 딸 뚜깐이 아니냐?"

생글생글 웃는 게 귀염 상이어서 겉모습은 순진하고 착해 보이나 그 말투며 하는 짓이 야비하고 비열하기 그지없는, 의관(醫官) 이 씨의 셋째 아들 양배가 뚜깐을 알아보고 반색하며 다가왔다.

양배라면 뚜깐도 잘 알았다. 최 역관 댁에서 그리 멀지 않은 곳에 살고 있어 어릴 때부터 서진 도령과 종종 어울리곤 했다. 최 역관 댁에 일손을 도우러 어매를 따라 갔다가 서진 도령과 양배가 어울리는 걸 본 적이 있었다.

뚜깐은 달아날까도 생각했지만 죄 지은 것도 없이 달아나자니 배알이 꼬였다. 설마 제까짓 것들이 잡아먹기야 하겠어!

"옳아! 이 아이가 바로 뚜깐이란 말이냐?"

한량 중 제법 어른 티가 나는 도령이 점잖게 말했다. 그는 이방(吏房) 장 씨의 차남 근휘였다. 어른인 양 점잖을 떨었지만 많아야 뚜깐보다 두어 살 연상으로 보였다.

"네 이 년! 상전을 보고도 고개를 빳빳이 쳐들고 있다니, 당장 조아리지 못할까!"

양배가 갚잖게 호통을 쳤다.

"그만두게!"

채근하는 양배를 손으로 저지하며 근휘가 나섰다. 술 냄새가 풍겨왔다. 풍류랍시고 양반을 흉내 내는 중인 모양이었다.

어떻게 생겨먹은 작자들인지 고개를 들어 보고 싶었지만 용기가 나지 않았다. 가슴이 콩닥거리고 얼굴이 자꾸 발갛게 달아올랐다. 아까부터 줄곧 아무런 말도 없이 저쪽으로 돌아앉아 있는 사내가 의식되었다. 차마 그쪽을 쳐다볼 수는 없었지만 신경이 쓰이는 건 어쩔 수 없었다. 서진 도령일 수도 있었다. 이 시간에 서진 도령이 저런 천박한 작자들과 어울리고 있을 리는 만무했지만 만의 하나라는 게 있지 않은가.

"어디 보자……. 음, 자네 말대로 빙기옥골(氷肌玉骨)은 아니어도 절색임에는 틀림이 없네 그려. 계집 보는 눈은 자네 눈을 따라갈 자가 없으이! 꾸미지 않았건만 덕지덕지 처바른 기생들보다 훨씬 낫지 아니한가!"

근휘가 양배의 안목을 칭찬하며 뚜깐의 미모를 과장했다.

"약간만 꾸며 주면 웬만한 홍청(興淸) 저리 가겠는걸! 가무잡잡한 살갗이며 윤기 있는 머릿결에다, 이목구비는 뚜렷하고, 피부는 터질 듯이 탱탱하구나!"

근휘가 본색을 드러냈다. 아무리 상것이지만 어엿한 처녀에게 입에 담을 수 없는 말을 서슴지 않고 있었다.

"태어난 해가 언제던고?"

근휘가 짐짓 점잖은 목소리로 물어왔다.

"계집 나이는 알아서 어디다 쓰시게요."

뚜깐은 퉁명스럽게 대꾸했다. 중인에 대한 상민의 대꾸로는 건방지기 이를 데 없었다. 양배가 발끈했으나, 근휘는 재미있다는 듯 빙긋이 웃으며 물었다.

"내 주역을 읽어 사주를 좀 볼 줄 아느니."

근휘가 허세를 부렸다.

뚜깐은 고집스레 입을 앙다물고 있었다.

양배가 근휘에게 귓속말을 속삭였다.

"허면, 올해로 열여섯이로구나. 오호! 나이치고는 조숙하이! 스물이라 하여도 믿겠구나. 숨을 들이쉬고 내쉴 때마다 실룩대는 저 가슴 봉긋한 것 좀 보게! 앞태는 나무랄 데가 없는데, 뒤태는 어떠할런고? 계집은 뒤태가 예뻐야 참 미인이지!"

근휘가 또다시 본색을 드러냈다.

"뒤태를 보자신다! 어여 돌아보아라!"

양배가 웃음을 참으며 재촉했다.

지금껏 고개를 돌리고 앉아 있던 이도 뚜깐의 뒤태가 궁금했는지 고개를 돌렸다.

'이럴 수가!'

뚜깐은 놀라서 온몸이 얼어붙는 듯했다. 그이는 다름 아닌 서진이었다.

서진 도령이 왜 이런 한심한 작자들과 함께 있는 걸까?

"네 이 년! 말이 말 같잖은 게냐! 주리를 틀기 전에 뒤태를 보이라!"

양배가 삿대질하며 소리를 질러 댔다. 뚜깐은 그 소리가 전혀 귀에 들어오지 않았다. 머릿속이 텅 빈 것만 같았다. '철썩' 소리와 함께 고개가 돌아가도록 양배로부터 뺨을 맞고서야 정신을 차릴 수 있었다. 그제야 달아나려는데, 양배가 저고리를 확 낚아채는 바람에 옷고름이 떨어지면서 젖가슴이 드러났다. 저고리 앞섶을 여밀 틈도 없이 이번에는 치마끈이 잡아당겨졌다. 뚜깐은 반사적으로 양배를 발로 걷어차 넘어뜨리고, 앞에 서 있던 근휘를 냅다 떠밀어 물 속에 빠뜨린 뒤 내달렸다.

배신감과 모멸감이 거머리처럼 온몸을 기어 다니는 것만 같았다. 양배와 근휘보다 서진이 더 미웠다. 시집을 가고 싶었던 유일한 남자가 아니었던가.

그 날 이후로 뚜깐은 전혀 딴 사람처럼 변해 갔다. 남들이 보기엔 어떨지 몰라도 뚜깐에겐 실연을 당한 것 못지않은 슬픔이었다. 열여섯 해를 사는 동안 이토록 큰 슬픔은 없었다. 그것은 하늘이 무너지는 충격이었고, 땅이 꺼지는 절망이었다. 실연 아닌 실연의 상처를 달래며 뚜깐은 남몰래 눈물지었다.

꼭 필요한 말 이외에는 하지 않았으며 피치 못한 경우가 아니면 바깥나들이도 삼갔다. 동네 사내아이들이 찾아와도 쫓아 보냈으며, 왕초 노릇도 그만두었다. 불과 며칠 전까지만 해도 머슴처럼 고봉으로 푼 밥 한 그릇을 게 눈 감추듯 후딱 해치우 더니 요즘에 와서는 젓가락으로 밥알을 헤집다 말고는 했다.

항상 사내처럼 행동하고 다니던 딸에 대해 근심 걱정으로 잠 못 이루던 뚜깐네였으나 급작스런 변화에 딸애가 무슨 병에 라도 걸린 게 아닌가 싶어 더 걱정스러웠다.

뚜깐네는 맞은편에 앉아 풀 먹인 이불 홑청을 다듬이질하며 넋을 놓고 있는 뚜깐을 살폈다. 며칠 만에 몰라보게 수척해진 딸이 걱정스러웠다.

"어디 아픈 게냐?"

뚜깐네가 넌지시 물어 보았다.

"응?"

"아프냐고."

"아프긴……."

"무슨 근심거리라두 생긴 게야? 이 에미한테 털어놔 보아!"

"어매도 참, 하루 세 끼 거둬 멕여 주지, 따뜻한 방에서 잠 재워 주는 우리 어매가 있는데, 무슨 근심이 있겠수."

그 말이 뚜깐네의 가슴을 미어지게 했다. 이것이 무슨 큰 결 심이라도 한 게 아닌가 싶어 더럭 불길한 생각마저 들었다.

"너 혹, 내가 글 배우지 말란다고 해서 이러는 게야? 이것아, 에미가 너 못 되라고 그러겠니. 그게 다 너를 위해서 하는 소리야. 사내도 아닌 계집이, 게다가 상것 주제에 글을 배운들 벼슬을 할 것이냐 훈장질을 할 것이냐. 소문이라도 나 봐라, 어느 누가 널 데려갈 것이며 자식 교육 잘못 시킨다고 또 얼마나 손가락질 할 것이냐."

"넘들 손가락질이 그렇게 무섭소."

"무섭지 안 무서워! 범처럼 혼자 사는 것도 아니고, 이웃들 눈 무서워하지 않고 어찌 살어. 넘들 눈 무서운 줄 모르고 사는 인사 치고 잘 되는 꼴을 못 봤네라. 사람은 제 분수를 알아야 한다. 제 분수를 모르고 설치다간 다치기 마련이야. 범이 인간 되겠다고 마을에 내려오면 사람이 내비 두더냐. 사램이 범 되겠다고 범 소굴로 들어가두 마찬가지구."

"……."

"어설피 배워 봤자 딸그락거려 싸서 곁에 있는 사람이고 제 골 속이고 시끄럽기만 하지 좋을 거 하나 없네라. 그러니 글 배울 생각일랑 말고, 얌전히 있다가 실한 신랑 만내서 떡두꺼비 거튼 새끼 낳고 알콩달콩 살 궁리나 하자."

"어매 말대로, 앞으로는 사내처럼 굴지도 않을 것이고, 나돌아 다니지도 않을라요. 어매한테 살림도 배우고, 일도 거들면서 조신하게 굴라네요. 그럴 테니 글 배우게 해 주오. 이번에 배우지 않으면 나 평생 후회하며 살 거 같소. 어매, 소원이오. 죽은 사람 소원도 들어준다지 않우. 동네 사람들한테 소문나지 않도록 주의할 테니 허락하오."

뚜깐네는 이미 자기가 허락하고 말고 할 시기가 지났다는 걸 느낄 수 있었다. 딸년이 흥분해서 날뛰지도 않고 차근차근 얘기하는 것이 더 무서웠다. 한편 생각해 보면, 대견한 일이었다. 노상 머슴애처럼 천방지축 날뛰어서 뭐가 될까 걱정이었는데, 글을 배우겠다니 기특한 일이 아닐 수 없었다. 비록 남들 귀에 들어가면 손가락질이야 받겠지만 그게 뭐 대수랴 싶었다. 도적질을 하겠다는 것도 아니고, 쌈박질을 하겠다는 것도 아닌데, 뭐가 그리 흠이 되랴 싶었다. 딸년이 사내처럼 나돌아 다니지 않고 조신하게 굴게 된다면 부처 가운데 토막이라도 삶아 먹일 작정이었는데, 글을 배우게 해 주는 대신 조신하게 굴겠다면야 그렇게 못할 것도 없었다.

"에그, 망할 년! 양반집 한량으로나 태어나지, 어쩌자고 이런 상것 집안에 태어났누!"

뚜깐네는 흔쾌히 허락을 해 주려 했는데 말은 그렇게 나오지 않았다. 게다가 주책없이 말끝에 눈물을 달았다.

"그라! 배워라! 배울 거면 단단히 배워! 어설프게 배워서 딸그락대지 말구! 너도 봤을 테지만 그런 인사는 꼴 사납잖든. 배워 두면 저승에 가서라도 쓸데가 있겠지."

그렇게 말하고는 뚜깐네는 다듬잇돌에 시선을 떨어뜨리고 입을 다물었다.

뚜깐은 어매가 고맙고 감사했다. 예전 같으면 어매에게 달려들어 볼에 입을 맞추고 젖가슴을 조몰락거리며 애교를 부릴 터였으나, 뚜깐은 다듬이질하는 어매를 지긋이 바라볼 뿐이었다. 다듬이 소리가 고즈넉한 마을 풍경 너머로 아득하게 울려 퍼졌다.

6

괴팍한 늙은이의 지팡이

한 걸음 앞서 진 곳을 짚어 수렁에 빠지지 않게 하고
깊은 산골 외로이 걸을 때 말벗이 되어 주던
괴팍한 늙은이의 지팡이
타락한 세상을 꾸짖어 땅을 때린다
할(喝)*!

〈어느 도인이 버리고 간 지팡이를 줍다〉
을사년(乙巳年, 1545년) 정초, '해문이술'

　사나흘 집에 틀어박혀 있는 사이, 녹음은 더욱 짙어졌다. 토담 너머 울안에 핀 앵두나무와 벚나무의 연분홍 꽃잎이 아름다웠다. 곡우가 지나면서 꽃잎은 거의 다 떨어졌으나 마지막 남은 꽃잎이 한줄기 봄바람에 분분히 흩날렸다. 바람에 흩날리는 꽃잎을 보자 가슴이 뛰었다. 나비들이 서로 희롱하며 아지랑이

----

* 선승(禪僧)들 사이에서 말이나 글로 나타낼 수 없는 도리를 나타내 보이는 소리. 또는 사견(邪見), 망상을 꾸짖어 반성하게 하는 소리.

가 피어오르는 들판 위를 날아다녔고, 길가의 버드나무는 물이 오를 대로 오른 나뭇가지를 바닥에 드리우고 봄바람에 설렁설 렁 춤을 추었다.

뚜깐은 햇가지 하나를 꺾어 낫으로 적당한 길이로 잘라 낫자 루로 가볍게 두드리고 손으로 주물러 단단한 속을 빼 버린 뒤 껍 데기 끝을 낫으로 긁어 내고 입으로 불어 보았다. 단조롭지만 경 쾌한 소리가 났다. 구멍을 두어 개 뚫자 완연한 피리가 되었다. 피리를 불며 홀로 들판을 걷고 있자니 정처 없이 떠도는 나그네 가 된 기분이었다. 이렇게 마냥 발길 닿는 대로 걷고 싶었다.

저쪽에 함께 어울려 놀고 있는 아이들이 보였다. 계집아이 들은 꽈리를 불며 달래 풀로 각시를 만들어 소꿉을 놀고 있었 고, 사내아이들은 술래잡기를 하고 있었다. '하날때, 두알때, 사마중, 날때, 육낭거지, 팔때, 장군, 고드래뿅!' 술래를 정하 고, 모두들 숨기 시작했다. 흩어져 숨었던 아이가 잡히지 않고 무사히 돌아오면서 '때꼭!' 하며 술래를 놀렸다. 술래잡기를 하는 한쪽에서는 주먹 속에 쥔 잣이나 콩의 수효를 알아맞히는 먹국놀이가 한창이었다.

뚜깐은 달려가 아이들과 어울리고 싶었다. 그러나 마음 한 편으로는 왠지 내키지 않았다. 예전에 그토록 재미있던 술래잡 기와 먹국놀이었으나 지금은 유치해 보였다. 괜히 아이들에게 들켜 성가심을 당하기 전에 다른 길을 택했다.

아침을 먹자마자 밖으로 나왔으나 점심때도 되지 않았는데 갈 데가 없었다. 예전에는 짧게만 여겨지던 하루 해였는데 요즘엔 길게만 느껴졌다. 밖으로 나온 지 한나절도 되지 않아 집으로 들어갔다.

"워딜 고로코름 싸돌아댕긴다냐. 진득하니 앉아서 공부할 거시기가 아니라고 몇 번이나 말했건만 성님도 참…… 성님이 찾으시네. 이따 점심 부시고 헛간 방으로 오든가 말든가……."

골목에서 마주친 바우뫼가 툭 던지고 간 말이었다.

드디어 공부를 가르쳐 줄 모양이었다. 일전에 무술과 글을 가르쳐 준다는 말만 있었지 그 이후로는 한 번도 부르지 않아 애가 탔다. 싸돌아다닌 것으로 따지면 뚜깐보다 바우뫼 일행이 훨씬 더했다. 낮에는 거의 볼 수 없었고, 늦은 밤에 잠시 들어왔다가 새벽에 도로 나갔다.

점심을 먹는 둥 마는 둥 하고 헛간 방 눈치를 살폈다. 대여섯 걸음 떨어진 곳에 뒷간이 있어 하루에도 두어 번은 지나치던 곳이었지만 요즘엔 볼일이 있어도 남새밭 옆 두엄더미 근처에서 해결하면서 그 쪽으로 갈 일이 없었다.

하릴없이 마당을 서성일 때, 바우뫼가 손짓을 했다.

"어서 오시게!"

세모돌과 뜰에봄이 반갑게 맞아 주었다.

뚜깐은 방문 옆에 엉덩이를 반만 붙이고서 어색하게 모로 앉아 있었다.

"나라말부터 먼저 배움세. 자모라도 익힌 연후에 무술은 차차 배우세나."

뜰에봄이었다.

그들을 처음 만났을 때라면 '싫여요. 무술부터 가르쳐 주셔요.' 라고 했을 테지만 뚜깐은 묵묵히 앉아만 있었다.

"근데 성님, 글공부는 어디서 할 깁니꺼?"

세모돌이 뜰에봄에게 물었다.

뚜깐이 묻고 싶은 말이었다. 헛간 방은 도무지 불안했다. 남정네들만 있는 좁은 방에 무릎이 닿을 듯이 앉아 있자니 불편하기 그지없었다. 오늘은 손님이 없었지만 누구라도 문을 벌컥 열어젖히지나 않을까 두렵기도 했다.

"여그만큼 존 데도 없당게 그래싸. 구석에 딱 백히 가꼬 사람들 눈에 잘 띄도 않고, 가만히 앉아 있어도 객들이 세상 소식은 다 떠들어 주고, 얼마나 좋어. 배룩이가 신랑 삼자고 살을 파고들어서 글치……."

바우뫼가 세모돌에게 말했다.

"쌩쥐 새끼들이 발꼬락을 뜯어 묵는 거는 우야고! 발꼬락만

뜯어 묵으마 말도 않제, 거시기를 뜯어 묵을라꼬 댐빗담서!"

세모돌이 비아냥거렸다.

"으미미미 징한 거! 안 당해 본 사램은 몰러! 요놈 쥐새끼가 바른쪽 바짓가랭이로 기어 올라와설랑은 왼쪽 가랭이로 나가는디, 워메! 까무러치는 중 알았당게. 하이고 징한 물건! 쥐새끼 쳣 자만 들어두 머리끝이 쭈뼛쭈뼛 선당게! 거기두 요 방에 들어올 적에는 속고쟁이 잘 여미구 들어와야 써."

바우뫼가 뚜깐에게 시비를 걸었다. 그러나 뚜깐은 잠자코 있을 뿐이었다.

"이눔 짜슥 뭐라 캐쌌노, 할 말이 있고 안 할 말이 있지."

세모돌이 바우뫼의 옆구리를 지르며 힐책했다.

"으째 그냐. 나는 진심으로다가 걱정이 되어서 해 주는 말이다. 하긴 뜯어 멕힐 만한 거시기도 안 달렸잉게, 뭐 걱정할 것두 없긴 하겠구마. 아니제! 아니구말구! 생각해 봉게로, 거기는 또 그만한 위험이 있겠구마, 쥐새끼가 거시기로 거시기해 뿔면……."

철썩! 하고 떡메 치는 소리가 났다. 뚜깐이 바우뫼의 뺨을 후려쳤던 것이다.

"요노무 가이내가 인자는 손찌검을 해 부러야! 너 일루 나와, 따끔한 맛을 뵈 줘야……."

거기까지 말을 하다 말고 바우뫼는 사색되어 입을 딱 벌린 채 움직이지 않았다. 뜰에봄이 품 속에 지니고 있던 단검을 꺼내 바우뫼를 겨누었던 것이다. 그의 살모사 같은 눈에서 시퍼런 살기가 감돌았다.

"서, 서, 성님! 자, 잘못했구마니라! 죽을죄를 졌어라! 농으로 한분 해 본 소리요. 웃자고 해 본 소리랑께요."

바우뫼가 바들바들 떨며 더듬었다.

"해, 행님요! 참으이소! 지 딴에는 농이라꼬 씨부린 모양입니더!"

세모돌까지 조아리며 용서를 빌자, 뜰에봄은 그제야 단검을 거두었다. 어찌나 손이 빠른지 단검이 나오는 것도 들어가는 것도 뚜깐은 보지 못했다. 단검을 거둔 뜰에봄은 언제 그랬냐는 듯 평상심으로 돌아와 단정히 앉더니 특유의 가늘고 부드러운 목소리로 훈계를 시작했다.

"바우뫼 아우님은 내 말 명심해서 듣게! 뚜깐 아우님에게 다시 한 번만 더 추잡한 농을 하는 날에는 내 가만두지 않을 걸세. 남정네 중 가장 천한 게 약한 여인네를 희롱하고 구타하는 짓이 아니겠나. 우리가 이제껏 사부님께 뭘 배웠는가. 약한 자를 괴롭히고 희롱하라고 배웠던가. 양반이라고 하인을 마구 부리고, 벼슬한다고 평민을 마구 다루고, 부자라고 빈자를 업신 여기고, 남정네라고 아낙을 마구 희롱하고, 그리 하라 배웠는가. 아우님은 그리 배웠소? 길가에 핀 들풀 한 포기, 벌레 한 마리도 예사롭게 보지 말고, 생명 있는 모든 것을 존중하라 가르쳐 주시었거늘, 하물며 사람에게야 더 일러 무엇하겠는가. 강한 자에게 약하고, 약한 자에게 강한 소인배 되지 말라 얼마나 이르셨소. 바우뫼 아우님은 뚜깐 아우님에게 용서를 구하시게. 그리고 자네!"

이번에는 뚜깐을 불렀다. 뚜깐은 부드러우나 날카로운 뜰에봄의 시선을 똑바로 볼 수 없었다. 아녀자의 목소리처럼 가냘프고 여렸으나 범치 못할 위엄이 서려 있었다.

"바우뫼 아우님은 자네에겐 엄연한 선배일세! 선배는 곧 스승님 다음으로 예우해야 하는 것이 배우는 사람의 도리일 터, 그림자도 함부로 밟아선 아니 되는 법인데, 감히 선배의 뺨을 쳐! 도대체 어디서 배워먹은 버르장머린고!"

뜰에봄의 일갈에 뚜깐은 침조차 삼키지 못하고 머리를 조아린 채 듣고만 있었다.

"위아래도 구분하지 못하면서 글을 배운들 무슨 소용이 있겠는가. 아무리 많은 글을 읽었으되 하늘을 공경할 줄 모르고 미물을 측은히 여기는 마음이 없다면, 글 한 자 알지 못해도 하늘과 어른을 공경할 줄 알고, 뭇 미물을 어여삐 여길 줄 아는 나무꾼보다 못한 것이야."

"……."

"내 말 무슨 뜻인지 아시겠나?"

"이예."

뚜깐은 공손히 대답했다.

"차후 한 번만 더 이런 불미스런 일이 있을 시에는 공부고 뭐고 작파할 줄 아시게. 앞으로 다투지 말고, 형제처럼 우애를 돈독히 하길 바라겠네! 뚜깐 아우님은 바우뙤 아우님과 세모돌 아우님에게 깍듯이 형님이라 호칭하도록 하게. 두 아우님께서도 뚜깐 아우님을 아우님으로 호칭하시고, 잘 보살펴 주도록 하시게."

"예! 예!"

바우뙤와 세모돌이 동시에 대답했다.

"나 또한 뚜깐 아우님을 아우님이라 호칭할 터이니 아우님도 나에게 형님이라 호칭하시게."

연약하기 그지없어 보이는 뜰에봄에게 두 장정이 고개를 조아리는 모습이 다소 생경했다. 힘으로 한다면 둘이 달려들어 가볍게 제압할 수 있을 테지만, 두 사내는 뜰에봄을 깍듯이 받들어 모셨다. 외모는 아녀자처럼 가냘프고 덩치는 왜소하며 목소리마저 여린 사람에게 무엇이 무서워 저리도 절절 매는지 뚜간으로서는 짐작할 수 없었다. 차림새도 바지저고리 차림의 두 사내와 별 다를 바가 없었다. 다만 동정이며 고름과 소매에 때가 꼬질꼬질한 두 사내와 달리 뜰에봄의 의복은 비록 낡아 꿰맨 자국이 있을망정 잡티 하나 없을 만큼 깔끔하고 단정했다.

"성님, 거시기…… 막내 아우는 가이내…… 아니 여잔디, 남자인 우리덜을 오라버니라 부르게 하지 않고, 형님이라 부르게 하는 건 쪼까 듣기 껄쩍지근한디오라."

바우뫼가 뜰에봄의 눈치를 살피며 조심스레 말을 꺼냈다.

"함께 공부하는 사이에 남녀를 군이 구별할 이유가 없지 않겠나."

뜰에봄이 대답했다.

그 때, 주막 쪽에서 뚜깐을 부르는 소리가 났다.

"뚜깐아! 뚜깐아! 이 년이 어딜 간 게야?"

아배 목소리였다. 어매가 잠시 자리를 비운 모양이었다. 뚜깐이 달려 나갔다.

마당에는 한 노인이 서 있었다. 다 헤진 데다 누덕누덕 기운 수목 두루마기를 걸치고 상투를 건사한 지 오래 되었는지 망건 밖으로 백발이 아무렇게나 삐쳐 나와 있어서 영락없는 거지 행색이었다. 백발이 성성한 걸로 보아 여든은 되어 보였으나 눈에는 총기가 흘러 넘쳤다. 길이가 두 발은 됨직한 괴이하게 생긴 지팡이를 든 모습이 예사롭지 않았다.

"집은 텅텅 비워 놓고 어딜 쏘다니는 게야! 좀도둑이라도 들면 어쩔라구! 살림을 하는 게야, 마는 게야!"

아배가 호미를 들고 들어서는 어매에게 퉁을 주었다.

"남새밭에서 김매고 오는 길이우! 잡풀이 한 발은 자랐습디다! 하루 죙일 투전판에 가 있지 말구 김이라도 좀 매 주면 얼마나 좋아! 손님 오셨나 보네. 잠깐만 기다려시구래."

어매는 평상에 앉아 있는 노인에게 깍듯이 말하고 부엌으로 들어갔다.

"저리 둔한 여편네라니! 장사 하루 이틀 하는 것도 아니면서 손님인지 비렁뱅인지도 구별 못해. 하고 있는 꼴을 보면 몰라. 돈 한 푼 없게 생긴 비렁뱅이잖어, 이 여편네야. 그렇게 사람 보는 눈이 없어서 장사 자알 해 처먹겠다!"

아배가 어매에게 또다시 퉁을 주었다.

"처 덕에 중년은 그럭저럭 보내겠으나, 쪽박 찰 말년이로고."

예의 노인은 평상에 올라 반가부좌를 틀고 앉아 입가에 엷은 미소를 머금은 채 눈을 지그시 감고서 누구에겐지 알 수 없는 말을 뇌까렸다.

"저 늙은이가 뭐라 시부렁거리는 게야! 비렁뱅이 주제에 도인 흉내를 내는구먼. 헛! 가관일세!"

노인은 아배의 말을 들었을 텐데도 못 들은 척 가볍게 좌우로 상체를 흔들 뿐이었다. 아배는 노인의 모습을 흘겨보다 콧방귀를 뀌어 주고는 절룩거리며 사립문을 나섰다.

"헛간 방에 머물고 있는 녀석들 좀 불러다 주시게."

부엌으로 들어가려는 뚜깐에게 노인이 부탁했다.

"사부님!"

바우뙤가 물바가지를 들고 나오다가 노인을 발견하고는 반색하며 소리를 질렀다.

"그간 잘 있었느냐!"

노인은 바우뙤 쪽은 보지도 않고 말했다.

바우뙤가 헛간 방을 향해 사부가 왔다며 소리지르자 뜰에봄과 세모돌이 버선발로 달려 나와 노인 앞에 머리를 조아렸다.

거지 행색의 노인에게 사부라고 떠받드는 바우뙤 일행이 왠지 미심쩍었다. 노인을 대장으로 삼고 전국을 떠도는 각설이패나 아닌지 의심스러웠다.

"짐들 꾸려서 나오너라. 두어 달 머물 만한 곳으로 옮겨야겠다."

노인이 말했다.

거처를 옮긴다면 글공부는 어찌 되는지 뚜깐은 궁금했다.

"워디 봐 둔 거처라도 있으신지요? 여그 주막집도 괜찮은디어라. 주모가 끓여 주는 국밥맛도 기가 막힌디요."

바우뫼가 토를 달았다.

"이 근처에 역관질하는 최 가라는 자가 있는데, 중국에 자주 드나들며 귀한 서책을 많이 소장하고 있다더구나. 이십 여 년 만이라 날 알아보기나 할는지 모르겠다만……."

노인의 말이었다.

역관 중에 최 씨라면 이 근처에는 최 역관 댁밖에 없었다. 뚜 깐은 가슴이 콩닥콩닥 뛰기 시작했다. 최 역관 댁 둘째 아들이 서진 도령 아니던가.

최 역관 댁과는 어떤 연분이 있는 것일까. 비록 훌륭한 문벌은 아니었으나 명나라를 자주 드나들며 물건을 사고팔아 재산을 모은 덕분에 양반 가문에서도 함부로 대하지 못했다. 그런 집안에 잠깐 볼일이 있다 해도 그 집 대문 안으로 발을 들여놓기 쉽지 않을 터에, 그곳에 머물러 간다니 놀라지 않을 수 없었다. 며칠이라도 묵는다는 건 최 역관 댁과 엇비슷한 세도가 아니면 꿈도 꿀 수 없는 일이었다. 게다가 역관질이라느니 최 가라느니 숫제 아랫사람을 일컫듯 해 놀라웠다. 나이만 믿고 허세를 부리는 경망한 노인이 아닐까 의심스러웠다.

"역관 나으리 댁이라면 예서 멀지 않습지요."

어매가 상을 들어 노인 앞에 놓으며 끼어들었다.

"예서 멀지 않은 줄은 아는데 가 본 지가 하도 오래 돼 놔서 찾아갈 수 있을는지 모르겠구먼."

노인이 밥상을 받으며 말했다.

"뚜깐아! 어르신 식사 마치면 역관 나으리 댁에 좀 뫼셔다 드리려믄."

한쪽에 멀뚱히 서 있던 뚜깐은 어매의 말에 화들짝 놀랐다. 내키지 않았지만 딱히 거부할 빌미가 없었다. 근처까지만 배웅해 드리고 돌아오리라. 하지만 길 중간에서 서진 도령과 마주친다면 어이 한다?

서진 도령과 마주칠까 두려웠다. 다른 한편으론 마주치고 싶기도 했다. 이왕이면 아무도 없는 곳에서 단 둘이 마주치고 싶었다. 그이의 속내를 묻고 싶었다. '어째서 제가 당하고 있는 꼴을 보고만 있으셨나요?' 이미 수백 번도 넘게 허공에다 물어 본 질문이었다. 그 질문에 대한 그이의 답변도 수없이 짐작해 보았다. 시간이 지날수록 서진 도령에 대한 원망은 옅어만 갔다. 돌이켜 생각해 보면, 일개 주막집 계집을 희롱하는 작자들을 서진 도령이 나서서 말리는 것도 우스운 일이었다. 어매는 그보다 험한 꼴을 당하고도 웃어넘기지 않던가. 주막집 딸로 태어난 게 허물일 뿐이다. 뚜깐은 마음 속으로 서진 도령을 두둔하고 있었다.

괴이한 지팡이를 짚고 노인이 앞서 걷고 바우뫼 등이 그 뒤를 따랐다. 뚜깐은 맨 뒤에 쳐져 노인에게 길을 안내했다. 사실은 안내할 것도 없었다. 노인이 알아서 길을 찾아가고 있었으니까. 20여 년 만이라더니 바로 어제 다녀간 것처럼 성큼성큼 앞서 걸었다. 노인 옆에서 뜰에봄이 대화를 주고받으며 나란히 보조를 맞추었고, 바우뫼와 세모돌은 두 사람을 따라잡느라 애를 먹고 있었다.

앞서 가던 노인이 걸음을 멈추었다. 종종걸음으로 뒤따르던 뚜깐은 생각에 잠겨 걷다가 노인을 앞질러 갈 뻔했다. 다행히 뜰에봄이 옆으로 다가와 팔을 잡아 주었다.

"인사 올리게. 사부님이시네. 자네가 글을 배우기로 했다고 말씀 드렸네."

뜰에봄이 뚜깐을 사부에게 소개했다.

"김뚜깐이라 하옵니다."

"글을 배우기로 했다지?"

사부가 뚜깐에게 물어왔다.

"이예."

"기특한 일이로고! 열심히 정진 또 정진하여 궁극엔 아름다운 시를 쓸 수 있어야 하네!"

“이예.”

뚜깐은 건성으로 납죽납죽 ‘이예.’를 주워섬겼다. 아름다운 시를 쓸 수 있는 경지? 바라지도 않는다. 그저 얼른 몇 글자 배워, 서진 도령에게 서찰이나 보낼 수 있었으면, 양배와 근휘의 행태를 고발하는 괘서나 쓸 수 있었으면, 더 바랄 게 없었다.

그런 뚜깐을 사부가 물끄러미 응시하더니 혀를 차며 뜻 모를 말을 했다.

“쯧쯧쯧! 총기가 있어 남보다 배나 빠른 속도로 익히겠다만, 엉뚱한 데 넋을 팔고 있으니 깨어날 때를 바랄밖에! 싹수가 보이면 그 때 가서 이름 하나 지어 줌세.”

사부는 그렇게 말한 뒤 다시 걸음을 재촉했다.

최 역관 댁에 거의 다 왔을 때쯤이었다.

순찰을 돌던 병졸 두 명이 나무 발치에 붙여져 있던 나라말 괘서를 뜯어 내고 있었다. 바우뫼 일행이 눈길을 주고받았다.

“그게 무어요?”

사부가 병졸들에게 다가가 물었다.

“알 거 없으니 물러나시오.”

병졸 중 한 명이 퉁명스럽게 쏘아붙였다.

“넨장! 알량한 벙거지를 뒤집어쓰고 있응게 뵈는 게 없나. 반 주먹거리도 안 되는 것들이…….”

바우뫼가 웅얼거렸다.

"뭬야? 지금 뭐라고 중얼거렸어?"

병졸 중 한 명이 발끈했다.

"암것도 아입니데이. 저한테 하는 말입니다. 신경 쓰지 말고 일 보이소."

세모돌이 나섰다.

다행히 병졸은 더 이상 따지지 않고 지나갔다.

"문디 자슥아, 봇짐 속에 괘서가 수십 장이데이. 검문이라도 당했으마 우짤 뻔했노?"

세모돌이 바우뫼에게 작은 소리로 타박했다.

"까짓 거, 검문 하라면 하라지. 대구빡을 뽀개고 달아나면 됭게."

바우뫼가 허세를 부렸다.

"너희놈들 짓이냐?"

앞서 걷던 사부가 걸음을 멈추고 돌아서서 물었다.

"머, 뭣을 말이어라?"

바우뫼가 능청을 떨었다.

사부는 제자들이 가까이 다가올 때까지 제자리에 서 있다가 바우뫼의 봇짐을 지팡이로 낚아채, 그 속에서 괘서 뭉치를 뒤져 냈다.

"워메, 요것이 위째 여그 들앉었으까! 참말로 요상야릇한 일 다 보겠네! 세모돌아, 자네가 이놈 주워다 넣어 뒀나? 똥 닦을라고……."

하는데, 사부의 지팡이가 바우뫼의 머리통을 내려쳤다.

"아구구메……."

바우뫼는 머리를 감싸 쥐고 고통스러워했다.

"고얀 놈! 누굴 속이려 드는 게냐!"

사부가 일갈했다.

"글먼 나라님이 방종방탕한 생활 하는 걸 그저 두고만 봐야 쓴다 이 말입니까요?"

바우뫼는 맞은 게 아프고 부아가 나서 겁 없이 대들었다.

"그래두 요놈이!"

머리를 깨뜨릴 듯 지팡이 매가 다시 한 번 바우뫼의 머리를 때렸다. 피하느라고 피했는데도 맞은 자리를 또 맞은 바우뫼가 땅바닥에 나뒹굴며 죽는다고 비명을 질렀다. 세모돌은 행여 자기에게 불똥이 튈까 싶어 저만치 떨어져서 나 죽었네 하고 있었다. 뜰에봄이 무언가 할 말이 있다는 듯 나서려 할 때, 사부가 말문을 열었다.

"내 너희들에게 괘서 나부랭이나 붙이라고 나라말을 가르친 줄 아느냐. 쯧쯧쯧! 한심한 것들 같으니! 너희들이 안달복달

하지 않아도 쓰러질 것은 쓰러지게 마련인 게야! 방탕의 끝은 실로 비참할 것인즉, 아무도 슬퍼해 줄 이 없을 걸 생각하면 측은할 뿐이거늘! 너희들이 진정 백성을 위하고 이 나라의 그 나중을 염려한다면 좀더 멀리 내다볼 줄 아는 시야를 가져야 할 것이야!"

그렇게 말한 뒤, 사부는 성큼성큼 앞서 걸어가 버렸다.

"젠장! 내 저노무 지팡이를 아궁이 속에 처넣고 말 팅게! 아구구구야! 세모돌아, 내 머리통 좀 봐라, 깨져 부렀제 잉?"

"어디 보자. 이 일을 우야마 좋노. 깨진 정도가 아이라 아예 골이 밖으로 다 쏟아져 뿌렀다."

세모돌의 공갈에 바우뫼는 실신할 듯 눈알을 까뒤집었다.

"지랄하고 자빠졌다 문디 짜슥! 사부님이 언제 깨지도록 때리드나. 아프기마 하고 피 한 방울 안 나게 때리는 기 우리 사부님 매 타작법 아이드나. 등치 값도 몬하고 엄살은. 하루 종일 땅바닥에 디비져 있을 기가. 퍼떡 일라그라. 사부님 불러가 한 대 더 때리라 카기 전에."

세모돌은 매몰차게 바우뫼에게 퉁을 주고 사부를 좇았다. 바우뫼도 어쩔 수 없이 머리를 감싸 쥔 채 일행을 따랐다.

얼마 후, 최 역관 댁 앞에 다다랐다. 사부는 대문을 지팡이로 탕탕 때리며 동네가 떠나도록 기척을 내질렀다.

"이리 오너라!"

사부의 호령에 곧 대문이 열리며 청지기 노인이 다급히 문을 열어 주었다. 청지기 노인은 문을 두드리는 기세에 눌려 감히 눈을 마주볼 염을 내지 못하고 머리를 조아렸으나 시야에 들어온 아랫도리 행색이 이상하여 고개를 들었다.

"이 늙은이가 죽고 싶어 환장을 했나, 예가 어딘 줄 알고 감히……."

"역관 주제에 대궐을 지어 놓고 호사를 부리는구나!"

사부가 지팡이로 건물을 향해 삿대질하며 고함을 질렀다.

"이런 발칙한! 여보게들, 이리 좀 와 보게!"

청지기 노인이 집 안에다 대고 소리를 지르자 젊은 하인들이 우르르 몰려나왔다.

"정신 나간 비렁패들인 모양이니 쫓아내게!"

무작정 대문 안으로 들어서고 있는 사부를 젊은 하인들이 막아섰다. 다급히 제자들이 달려왔으나 사부는 지팡이를 가로로 들어 젊은 하인들을 한꺼번에 밀어내며 집 안으로 들어간 뒤였다. 화가 난 하인들 중 몇은 어느새 무기가 될 만한 것들을 들고 서 있었다.

"웬 소란이냐?"

최 역관이 소란스러운 바깥의 동정을 살피기 위해 문을 벌컥 열어젖히고 호통을 쳤다.

"거렁패들이온데……."

청지기 노인이 아뢰었다.

"식은 밥이라도 주어서 보내면 될 것이지 무엔 소동이냐!"

최 역관이 엄하게 꾸짖은 뒤 돌아서려는데, 사부의 일갈이 지축을 뒤흔들었다.

"정훈이 네 이노오옴!"

최 역관의 함자를 입에 담은 것도 뭣할 판에 최 역관을 향해 아랫사람 다루듯 부르는 데에는 최 역관 자신뿐만 아니라 하인 들과 사부의 제자들도 놀라 입을 다물지 못했다.

노여움으로 눈썹을 치켜 올리던 최 역관이 사부를 노려보다 말고 갑자기 버선발로 사부 앞으로 달려와 무릎을 꿇고 조아리 며 읍(揖)했다.

"사부님! 몰라 뵈었나이다!"

최 역관이 버선발로 달려 나와 거지 행색의 노인에게 머리 를 조아리는 모습은 누가 보아도 괴이한 광경이었다. 다들 어 안이 벙벙해서 입을 딱 벌린 채 이 괴이하기 그지없는 광경을 지켜보았다.

"하두 오랜만에 찾아 주서서 몰라 뵈었나이다! 너그러이 용 서하소서! 그간 별고 없으셨나이까! 십여 년 전인가, 금강산 골

짜기에 칩거하신다는 소문은 들었사온데, 어디에 거소를 삼고 계시온지?"

최 역관이 고개를 조아리며 물었다.

"날 저물어 자리 깔고 누우면 그 곳이 내 집이지 따로 거소를 삼을 까닭이 없지 않은가. 그러는 자네는 잘 지냈겠지?"

사부가 대답했다.

"이르다 뿐이오니까! 소싯적 사부님께서 글을 가르쳐 주신 은덕으로, 약관의 나이에 급제하고, 평생 관직에 몸담고 있다가 물러나 오늘날까지 이렇게 호의호식하고 있사오니다! 안으로 드시어 절 받으소서. 여봐라! 안으로 뫼시지 않고 뭣들 하느냐?"

최 역관은 전에 없이 허둥대며 하인들을 닦달했다.

뚜깐은 감히 대문 안으로 발을 들여 놓지는 못하고 문 뒤에 붙어 서서 대문 안을 기웃거렸다. 혹여 서진 도령의 모습을 볼 수 있을까 해서였다. 그러나 서진 도령은 보이지 않았다.

그 날 이후, 사부와 그 일행은 최 역관 댁 사랑에 머물렀다. 사부 일행은 최 역관 댁이 소장하고 있는 서책들을 필사하거나 언해(언문으로 번역하는 일)했다. 최 역관은 중국을 자주 드나들며 수집한 진귀한 서책을 많이 소장하고 있었다.

뚜깐은 사부 일행이 최 역관 댁에서 무슨 일을 하는지 알 수도 없었고, 관심도 없었다. 다만, 최 역관 댁에 머문다는 것 사실 자체가 놀라울 따름이었다. 초라한 노인에 불과한 줄 알았던 사부를 다시 보게 되었다.

사부는 신비한 노인이었다. 훗날 바우뫼를 통해 사부가 어떤 사람인지 들을 수 있었지만, 바우뫼조차도 사부에 대해 아는 것보다 모르는 게 많았다. 바우뫼의 말에 의하면, 선왕(세종) 때 집현전 학자였다는 소문을 들은 적이 있다고 했다. 바우뫼는 함자만 대면 모르는 사람이 없을 만큼 사부가 유명한 분이라고 자랑했다. 그러나 정색을 하고 캐물으면, 사부의 행적은 고사하고 함자조차 정확히 알지 못했다. 성이 이(李)라는 것과 '길밧새'라는 나라말 이름을 쓴다는 것만 알고 있었다. 길밧새가 무슨 뜻이냐고 물으면, '길 밖의 새'라고 풀이는 해주었지만 정확한 뜻은 그도 몰랐다. 길 밖의 새라니! 새에게 '길'이 어디 있으며, '길 밖'이란 또 무엇이란 말인가! 뚜깐은 끝내 그 정확한 뜻을 알 수 없었다. 다만, 오랜 시간이 지난 뒤에, 길 안에서 안주하는 새들의 삶을 거부하고 길 밖의 참다운 길을 찾아 날아오르려 했던 게 아닐까, 하고 그 뜻을 짐작할 뿐이었다.

사부는 제자들에게도 한문으로 된 이름을 버리게 하고 나라말 이름을 지어 주었다. 나라말 이름을 지어 주어야 비로소 사부의 제자가 된다는 의미이기도 했다.

그의 제자들은 전국에 흩어져 있었으나 그 수가 그리 많지는 않았고, 대부분 낮은 신분의 평민들이었다. 그 중에는 조방꾸니, 사당패, 기생, 파계한 중, 무당, 망나니, 백정을 비롯해 심지어 주인을 해하고 산적이 되어 떠도는 노비도 있었다. 제자 중에 선비가 전혀 없는 것은 아니었으나 매우 드물었다. 선비들은 나라말을 배우고 익히는 일을 허드렛일이나 과외로 여겼기 때문이다. 오랑캐나 하는 천한 짓이라고 생각하는 이들이 많았다.

사부는 나라말을 가지게 되었으나 나라말로 된 서책이 드물어 이를 애석히 여기다가 한문으로 된 서책을 한 권씩 언해하기 시작했다. 혼자 하자니 그 속도가 더딜 뿐만 아니라 해가 갈수록 힘에 부쳐 제자를 양성해 언해케 하는 데 애를 썼다.

사부는 제자들에게 부지런히 나라말을 익혀 기존의 서책을 언해하는 데 그치지 말고, 나라말로 시와 서를 짓는 경지에 올라야 한다며 공부에 정진할 것을 당부하곤 했다. 사부는 나라말로 글을 짓는 일이야말로 세상에서 가장 소중하고 값진 일이라고 역설했다.

뚜깐은 아직 사부의 이름조차 제대로 알지 못했다. 최 역관이 굽실거릴 정도로 예사로운 노인이 아님을 확인했을 뿐이다.

그나저나 글은 언제부터 배울 수 있을지, 그것이 궁금했다. 하루라도 빨리 글을 배우고 싶었다. 글을 배워 서진 도령에게 자신의 마음을 담은 서찰을 보내고 싶었다. 가슴 속에 쌓여 있는 말을 서진 도령에게 털어 놓지 않으면 숨이 막혀 죽을 것만 같았다.

아무런 전갈이 없어 애를 태우길 며칠 만에 바우뫼가 다녀가면서 장날 다음 날 주막에 오겠다고 귀띔해 주었다.

뚜깐은 뛸 듯이 기뻤다. 드디어 글을 배울 수 있게 된 것이다. 일 촉 일 촉이 어쩌면 이리도 더디 흐르는지 애가 탔다.

7

앵화옥의 앵화는 악취가 나네

앵화옥(櫻花屋)의 앵두나무
어여쁜 앵두꽃 만발한데
벌 나비 아니 찾고
파리 모기 잡 벌레만 모여 들어
꽃봉오리 다 따먹어
귀한 꽃술 다 파먹어
앵화옥의 앵두나무
악취가 나는구나

〈암캐가 떠돌이 개와 바람이 나 부지깽이로 때려 주다〉
계미년(癸未年, 1523년) 사월 이틀, '해문이슬'

　

오늘은 글을 배우기로 한 첫날이었다.

뚜깐은 우마차에 한 말들이 술통 여남은 개를 싣고 기생집 앵화옥에 술심부름을 가는 길이었다. 원래는 아배가 하는 일이었지만 요즘 들어 뚜깐의 일이 되었다. 다른 날 같으면 입을 댓발이나 내밀고 연방 투덜거렸을 테지만 오늘은 달랐다. 콧노래까지 흥얼거리며 우마차를 몰았다. 글을 배우게 된다고 생각하니 몸이 가붓했다.

얼른 심부름을 끝내고 집으로 달려가 글공부를 하고 싶어 마음이 급했다. 소의 엉덩이를 싸리나무로 대구 후려치며 걸음을 재촉했다.

앵화옥에 도착해 무거운 술통을 손수 날랐다. 장정도 들기 힘든 한 말들이 술통을 옮기고 나면 허리가 끊어지듯 아팠다. 조방꾸니가 도와 줄 때도 있었다. 하지만 조방꾸니의 생색을 견뎌야 했다. 게다가 집적거리기까지 했다. 허리가 끊어지는 한이 있어도 차라리 도움을 받지 않는 편이 나았다.

앵화옥은 규모도 작고 기생도 그리 신통치 않았던 탓에 궁색한 양반들이나 중인들이 주로 찾는 기생집이었다. 그러나 최근에는 양반집 자제들도 어렵지 않게 볼 수 있었다. 이삼십 대는 물론이고 십대 도령들까지 들락거렸다. 아무리 찾아온 손님이 있어야 먹고사는 기생이지만 공부하는 도령이 찾아오면 잘 타일러 돌려보내는 것이 상례였다. 그러나 근래에 와서는 도령이고 뭐고 기생집을 드나들지 못하는 이가 따로 없었다. 엽전 소리만 나면 누구라도 상관없이 받아들였다.

일반 백성들은 들과 논에서 뼛골이 빠지도록 일을 할 대낮이건만, 앵화옥엔 일 없는 한량들로 넘쳐 났다. 눈꼴 시려 차마 볼 수 없는 광경이었다. 술통을 얼른 나르고 돌아가는 수밖에 없었다.

뚜깐은 무거운 줄도 모르고 남은 술통을 옮긴 뒤 곧장 집으로 돌아왔다. 우마차에서 소를 풀어 외양간에 묶어 두고 마당으로 왔을 때였다.

부엌에서 와장창 독 깨지는 소리가 났다. 무슨 일인가 싶어 사립문을 열고 소리가 난 부엌문을 열었다. 부엌은 난장판이 되어 있었다. 물 항아리가 깨어져 산산조각 나 버렸고, 바닥은 물바다가 되어 있었다. 어매는 놀란 눈으로 저쪽 부엌 문지방에 서 있었고, 아배는 어떻게 뽑아 들었는지 부뚜막에 붙박여 있던 무쇠 솥을 양손에 치켜들고 서 있었다. 모든 것이 얼어붙은 듯 부엌 안에는 무겁디무거운 침묵이 감돌았다. 아주 짧은 순간이었을 테지만, 뚜깐은 영원보다 길게 느껴졌다.

바스락! 사금파리가 발에 밟혀 으스러지는 소리가 났다. 그 와중에 뚜깐네가 바닥에 흩어져 있는 그릇들을 주워 챙기려 걸음을 옮겼던 것이다. 아배는 어매를 향해 여전히 그 무거운 무쇠 솥을 들고 서 있었다.

아배를 말리든, 어매를 끌어내든, 어떻게든 해야겠는데 꽁꽁 얼어붙은 듯 움직일 수 없었다.

그 때였다.

"에잇!"

아배가 기합 소리와 함께 양손에 치켜들고 있던 무쇠 솥을 집어던졌다. 뚜깐은 비명을 지르며 양손으로 눈을 가리고 그 자리에 풀썩 주저앉았다.

차마 눈을 뜰 수가 없었다. 아무런 소리도 들려오지 않았다. 온몸이 부들부들 떨려 왔다. 떨리는 손가락 사이로 부엌 안을 살폈다. 아배는 여전히 등을 보인 채 우뚝 서 있었고, 어매 는…… 어매가 보이지 않았다.

"어매! 어매!"

뚜깐은 부엌으로 달려들었다.

"망할 것들아, 늬들끼리 잘 살아 봐라!"

아배는 그렇게 말하고는 부엌문을 걷어차고 밖으로 나가 버 렸다.

"어매! 어매!"

뚜깐은 어매를 찾았다. 무쇠 솥이 구석에 처박혀 있는 모습 이 눈에 띄긴 했으나 어매 모습은 보이지 않았다. 부엌의 어둠 에 익숙해져서야 쓰러진 찬장 옆에 몸을 잔뜩 웅크린 채 엎드 려 있는 어매를 발견할 수 있었다. 어매는 소쿠리처럼 작게 웅 크려 있었다.

"어매! 나요! 나 뚜깐이!"

뚜깐이 우는 소리를 하며 달랜 후에야 어매는 뻣뻣하게 경직되었던 몸을 서서히 풀기 시작했다. 몸을 풀고 난 후에도 품에 안고 있던 손은 쉽게 풀지 않았다. 그 손에는 아배가 무쇠솥을 던지기 직전에 바닥에서 주워들었던 놋쇠 숟가락이 있었다. 어찌나 숟가락을 세게 움켜쥐었던지 손에서 피가 배어 나왔다. 뚜깐은 숟가락을 뺏으려 했으나 어매는 놓지 않았다. 한참만에야 숟가락이라는 사실을 깨달았는지 어매는 스스로 내려놓았다. 그러나 또다른 무언가를 가슴에 품고 있었다. 그것은 작은 보퉁이였다. 뚜깐이 무언지 궁금해 뺏으려 했으나 뚜깐네는 작은 보퉁이만큼은 결코 내놓지 않을 태세였다. 그 보퉁이가 무엇인지 뚜깐은 알고 싶었으나 우선 충격으로 넋이 빠진 어매를 쉬게 해야겠다는 생각에 방으로 데려가 뉘였다.

뚜깐은 그제야 아배에 대한 배신감으로 부들부들 떨었다. 보나마나 어매에게 노름 돈을 달라고 했다가 거절당하자 난동을 부린 게 틀림없었다.

어매 옆에 앉아 이불을 여며 주는데 자신도 모르게 눈물이 하염없이 줄줄 흘러내렸다. 생각할수록 어매가 가여워서 견딜 수 없었다. 숟가락이 무에 그리 소중한 것이라고 맞아 죽을 판에 그걸 줍기 위해 나섰단 말인가. 어매가 가엾고 불쌍했다. 보퉁이도 아마 숟가락만큼이나 보잘 것 없는 무엇일 게 뻔했다.

그것이 설사 아무리 소중한 것일지언정 목숨만큼 소중할까. 바보 같은 어매! 달아날 생각은 않고 그 와중에 숟가락을 줍겠다고 나서다니…….

뚱깐은 어매를 안방으로 부축해 뉘고, 부엌 바닥에 흩어져 있는 사금파리들을 치웠다.

"날씨 한 번 옘병하게 좋구나!"

사금파리를 버리고 오는데 낯익은 목소리가 들려왔다. 근휘였다. 얼굴이 불콰한 것으로 보아 낮술을 마신 모양이었다.

근휘는 이제 막 이삭이 패기 시작한 보리를 어디서 훑어 왔는지 연방 공중에 흩뿌리며 하늘을 향해 비아냥거렸다. 언제나 그렇듯이 양배가 근휘의 뒤를 따르고 있었다. 그 뒤로 서진 도령이 걸어오고 있었다. 술에 취했는지 비틀거리기까지 했다.

뚱깐은 얼른 부엌 안으로 몸을 숨겼다. 벌써 달포가 지난 일이지만, 그 때의 일을 앙갚음하러 온 게 아닌가 걱정되었다.

주막으로 들어오지 않고 지나가 주기만을 바랐다.

"이리 오너라!"

양배였다.

뚱깐은 누워 있는 어매가 일어나기 전에 부엌에서 나갔다.

"오랜만일세! 날 알아보겠는가?"

근휘가 느물느물 웃으며 알은 체를 했다.

"어매가 편찮으셔서 장사를 할 수 없으니 돌아가 주시지요."

뚜깐이 예의를 갖춰 말했다.

"저런, 장모님이 편찮으시다니! 허허, 내 진맥이라도 짚어 드려야겠구먼!"

근휘가 정말 방으로 들어설 듯이 댓돌로 올라섰다.

"일전에 일을 갚으러 오셨다면 두말 않고 맞아 드릴 테니 때리시어요!"

뚜깐은 근휘 앞으로 한 걸음 내디디며 담담하게 말했다.

"때리다니! 누굴 말인가! 자네를? 당치 않으이! 내가 그리 옹졸한 놈으로 보이는가! 내 오늘은 그 때 일도 사과할 겸 자네와 자네 양친께 긴히 드릴 말씀이 있어 찾아왔네! 양친 계신가?"

근휘는 여전히 능청이었다.

"없다지 않아요."

뚜깐이 발끈해서 소리를 높였다. 그러지 않아도 심란해서 마음이 무거운데 하릴없는 한량들의 장단을 맞춰 줄 기분이 아니었다.

"네 이 년!"

양배가 근휘를 대신해 뚜깐에게 호통을 쳤다. 근휘는 양배를 저지하며 부드럽게 말을 이었다.

"예까지 어려운 걸음을 한 것을 봐서라도 탁주 한 사발 주시게. 목이 마르이!"

근휘는 꼴에 예를 갖추었다.

"아이고, 도련님! 이 누추한 곳까지 어인 일입니까요! 어여 방으로 드시지요!"

측간에 앉아 있던 아배가 근휘의 목소리를 듣고 나올까 말까 하다가 장모 어쩌고 하는 말에 귀가 번쩍 뜨여 다급히 지푸라기로 밑을 닦고 나와 한량들 앞에 나아가 굽실거리며 인사를 하고 안내를 자청했다. 뚜깐은 비굴한 웃음을 흘리며 굽실거리는 아배를 보고 아연했다. 약하기 그지없는 처에게는 염라왕처럼 위세 당당하더니 근휘 일행에게는 사족을 못 쓰며 주인 앞의 황구처럼 저자세로 구는 모습이 한심했다.

근휘 뒤를 졸졸 따라다니는 서진 도령도 아배 못지않게 한심하고 딱했다.

근휘 일행을 방으로 안내해 들어간 아배는 무슨 일인지 한참만에야 나왔다. 뚜깐이 밖에서 듣자 하니, 장인이 어떻고 저떻고 하는 소리가 들렸으나 자세한 것은 들을 수 없었다.

뚜깐은 어매만 아니라면 이 길로 멀리 달아나고 싶었다. 그래서 다시는 돌아오고 싶지 않았다. 집이 싫었다. 아배가 머물고 있는 집이 싫었다. 차라리 고아였으면 싶었다. 그랬더라면 아무런 얽매임 없이 떠날 수 있을 텐데, 자신을 농락하는 한량들을 흠씬 패 주고 달아날 수 있을 텐데…….

"이것아, 무얼 하고 섰는 게야! 술상 들이지 않고!"

허공의 일점에 시선을 부려 놓은 채 상념에 잠겨 있는 뚜깐의 옆구리를 쥐어박으며 아배가 말했다.

"이리 와 봐!"

아배가 뚜깐의 손을 잡아끌었다.

뚜깐은 한 발짝도 움직이지 않을 듯 버텼으나 힘 센 아배가 잡아끌자 쉽사리 끌려가고 말았다. 말을 듣지 않는 뚜깐에게 주먹질이라도 할 줄 알았던 김 서방은 뚜깐을 뒤껼으로 데려오자 뭐가 좋은지 흐흐흐흐 웃음을 흘렸다.

"이 년아, 넌 복 터졌어!"

무슨 말 같잖은 소린가 싶어 뚜깐은 그저 오만상을 찌푸린 채 서 있었다.

"세상에 살다 보니 이런 횡재도 다 있고……."

"……."

"하고 있는 꼴이라고는……. 낯짝이라도 씻고 깨끗한 옷으로 갈아입고 나와!"

"갑자기 깨끗한 옷은 왜요?"

"이런 답답한 것을 보았나! 이방 댁 둘째 아들이 너에게 머리를 얹어 주겠단다. 그게 무슨 소린 줄 알아? 쯧쯧! 내 말 잘 들어 이 년아, 앞으로 네 년이 어떻게 하느냐에 따라서 우리 집안이 흥하고 망하는 게야. 우흐흐흐…… 엣 퉤! 그눔에 웃음이 자꾸 나오구 지랄이네. 당장 들어가서 인사부터 올리거라."

"싫어요!"

"싫다니!"

"그 작자한테 시집이고 인사고 다 하기 싫다구요."

"뭬, 뭬야! 이걸 그냥…… 어구, 때릴 수도 없구, 나 환장하겠네. 주막집 딸년 주제에 평생 이런 행운이 다시 올 줄 알어. 백 번을 죽었다 다시 난들 저런 자리가 나설 줄 알어. 어림없다 이것아!"

"저 한량이 날 정실로 맞아 줄 것 같아요? 설사 그러고 싶어 한다 해도 집안에서 가만 둘 것 같아요?"

"야 이것아, 그럼 너는 정실로 들어갈 생각을 했던 게야! 꿈도 야무지다, 년! 네 년 팔자가 저런 집안 정실로 들어갈 팔자일 것 같으면, 애당초 주막집 딸년으로 태어나지두 않았어!"

"아무튼 전 죽어도 싫어요."

뚜깐이 의외로 단호하게 나오자 아배는 작전을 바꾸어 달래기 시작했다.

"이것아! 니 에미 평생 저리 고생만 하다 가게 할 셈이야! 애비는 호강할 생각 없다. 네 년이 부잣집 후실로라도 들어가서 떵떵거리며 사는 모습을 보는 걸로 족하다. 허나 니 에미는 니 덕에 호강 좀 하다 죽어야잖겠냐. 네가 이방 자제 분 후실로 들어간다고 해 봐라. 니 어매 덩실덩실 춤을 출 게다. 가든 말든 그건 네가 알아서 하고, 그래도 집까지 찾아 왔으니 인사라도 드려야 하지 않겠냐. 도리라는 것이 있잖어."

아배가 도리를 주워섬기니 우스웠다.

뚜깐은 내키지 않았으나 근휘 일행이 안내되어 있는 봉놋방으로 들어갔다. 잘 구슬려 집으로 돌려보낼 생각이었다.

"아범에게 들었을 테지만, 본인에게 자네의 생각을 직접 듣고 싶으이! 어떤가, 내 뜻에 따를 용의가 있는가?"

방으로 들어가자마자 근휘가 다짜고짜 대답을 종용했다.

"쉰네에 대해 얼마나 아시기에 선뜻 그런 결정을 하셨는지, 쉰네는 모르겠네요."

뚜깐은 모로 앉아 천정을 치어다보고 있는 서진 도령을 의식하며 또박또박 대꾸했다.

"그래서 이리 오지 않았겠나! 혹 자네를 잘못 보고 결정을 내리는 게 아닌가 싶어서 말일세."

근휘가 말했다.

문득 근휘가 진심으로 원한다면 그의 첩이 된다 해도 상관

없겠다는 생각이 불쑥 들었다. 따지고 보면 근휘가 서진 도령보다 사내답고 인물도 좋은 편이었다. 모로 앉은 서진 도령이 그렇게 못나 보일 수가 없었다.

"어디 그럼…… 태를 좀 볼까!"

근휘가 본색을 드러냈다.

"태를 보이지 않고 뭘 하는 게냐!"

양배가 나섰다.

"냉큼 일어나지 못할까!"

양배가 다시 한 번 호통을 쳤다.

"네 이 년! 몰매를 맞아야 정신을 차리겠느냐!"

양배가 거듭 호통을 쳤다. 뚝깐은 일어나 달아나려 했으나 몸이 말을 듣지 않았다. 뚝깐이 아무런 말도 없이 앉아만 있자, 양배가 치마를 확 낚아채 벗겼다. 뚝깐은 그제야 정신을 차리고 치마를 빼앗기지 않으려고 버텼으나 양배의 손에 들려 있던 회초리에 손등을 얻어맞고는 손을 놓았다.

"그만들 하고 일어나세!"

서진 도령이었다.

참았던 눈물이 왈칵 쏟아질 것만 같았다. 고맙고 또 고마웠다. 잠시나마 그이를 원망했던 자신을 탓했다. 그이에 대한 미움은 이미 눈 녹듯 사라지고 없었다.

그 때, 문이 벌컥 열리며 어매가 달려 들어왔다.

"아이구 나으리들 어찌 이러십니까요. 여기는 주막이지 기방이 아닙니다요. 저것은 아직 젖비린내도 가시지 않은 천하디 천한 주막집 딸년에 불과합니다요!"

"그걸 누가 모르나. 저 아이를 가지고 놀겠다는 게 아닐세. 내 자네를 장모 삼으러 왔으이. 어떤가. 나를 사위로 맞아 줄 텐가."

"당치 않으십니다요, 나으리!"

"왜, 내가 자네 사윗감으로 못마땅한가?"

"그것이 아니오라……."

"그럼 되었네. 그만 나가 보게!"

"나으리!"

"나가 보래두!"

어매는 근휘의 발아래 납죽 엎드려 두 손을 모으고 빌기 시작했다.

"아이고 나으리! 우리 딸년 살려 주시요!"

"허허 이거야 원! 내 언제 저 아이를 잡아먹기라도 한댔나? 뭘 어쨌길래 이 소란인고!"

부엌에서 손수 주안상을 차리고 있던 아배가 소란에 놀라 달려왔다.

"이 여편네가 미쳤나! 당장 나오지 못해!"

아배는 어매를 말리면서도 한편으론 근휘에게 굽실거리며 '죄송합니다요, 나으리!'를 연발했다.

"자고로 계집과 북어는 사흘돌이로 패야 유순해진다 하였거늘! 이거야 원, 쯧쯧쯧!"

근휘의 말에 고무되었던지, 아배는 어매에게 주먹질을 마구 퍼붓기 시작했다. 그러자 뚜깐이 돌연 어매를 때리고 있는 아배를 힘껏 떠다밀었다. 아배는 어이쿠, 비명을 지르며 방구석에 가서 처박혔다. 그러나 다음 순간, 뚜깐 뒤에 서 있던 양배가 뚜깐의 오금을 걸어찼다. 뚜깐은 무릎을 꺾고 방바닥에 주저앉았다. 일어서려 안간힘을 썼으나 움직일 수 없었다. 근휘가 뚜깐에게 다가와 턱을 치켜들었다. 뚜깐은 싱글싱글 웃고 있는 근휘의 낯짝에 침을 퉤 뱉었다.

"보자보자 했더니 이 년이……."

근휘는 부아가 머리끝까지 치밀어 올랐는지 뚜깐의 뺨을 있는 힘껏 후려갈겼다. 그것으로도 성이 차지 않았는지 발길질을 시작했다. 곧 양배의 발길질이 가세했고, 서진은 근휘와 양배를 뜯어말렸으나 역부족이었다.

그 때였다. 문이 벌컥 열리며 문 옆에 서 있던 서진을 끌어내는 손이 있었다. 바우뫼였다. 바우뫼는 방 안으로 뛰어들어 양배와 근휘의 멱살을 양손을 움켜쥐고 문 밖으로 내던졌다.

"네 이놈! 우리가 누구인 줄 알고 감히!"

근휘가 겁먹은 표정을 숨기고 근엄하게 호통을 쳤다.

"누구나마나, 한 아녀자를 여러 남정네가 달려들어 패고 있는디, 고것들을 가만 둘 수야 없지 않겄소. 보아 하니께 글 읽은 선비들인 모양인디, 워찌케 요론 싸가지 없는 짓거리를 한다요. 술에 취해서 처녀를 희롱하는 것도 모자라서 맴대로 안 뎅께 우루루 달려 들어가꼬 개 패듯 패부는 경우가 워디 있당가. 워메 저 분은 거시기 최 역관 댁 둘째 나으리 아니신게라. 여그 워쩐 일이시대요. 설마 허니 이 양반들하고 한 패거리는 아니겄제라. 낮술도 자신 것 같은디, 역관 나으리께 아뢰야겠구마니라."

바우뫼가 주먹을 우두둑 소리 나게 꺾으며 일장연설을 늘어놓았다.

뚜깐은 위기에서 구해 준 바우뫼가 고맙기보다 서진 도령을 곤경으로 몰아넣는데 부아가 치밀어 욕지기가 목구멍까지 차올랐다. 바보 멍충이!

"그, 그냥 장난을 좀 친 것뿐인데, 어찌 이러시오!"

양배가 겁먹은 두 눈을 끔뻑이며 간신히 주워섬겼다.

"아따 참말로 어째 그요. 잘못했이문 잘못했다고 헐 것이

제, 뭣이 그래 말이 많다요. 사정이 워찌케 되얐든 사람을 패분
것은 잘한 일이 아니제라, 안 그요?"

"그렇게 따지면 그쪽에서도 우리에게 주먹을 휘두르지 않
았나."

근휘가 나섰다.

"말린 것이제, 주먹을 휘두르긴 누가 휘둘러라."

바우뫼가 손마디를 우두둑 꺾으며 한 발 다가서자 근휘는
겁을 집어먹고 뒤로 물러났다.

"그만 가시지요."

양배가 근휘의 손을 끌고 물러났다. 서진도 그 뒤를 조용히
뒤따랐다.

"참말로 섭해 죽겠능거. 워째 내 것은 차대더만 저 치들 것
은 차 주질 못했이까."

뚜깐을 두고 바우뫼가 하는 말이었다. 뚜깐은 비교적 담담
한 표정으로 머리와 옷매무새를 고치고서 어매 옆에 섰다.

"감사하오 총각들! 감사하오!"

어매가 바우뫼 일행에게 고맙다는 인사말을 했다.

"감사하긴 뭐가 감사해, 이 여편네야! 그것들이 이렇게 당
하고만 있을 것 같어? 우린 이제 죽었어. 딸년 하나 잘못 둔 덕
에 쉰도 못 넘기고 죽게 생겼네! 호박이 넝쿨째 굴러 들어오나

했더니, 그럼 그렇지 내 복에 무슨…… 에이! 퉤! 퉤!"

아배는 사립문을 걷어차며 밖으로 사라졌고, 바우뫼 일행은 최 역관 댁으로 돌아갔다.

공부를 하기로 한 첫날은 그렇게 무산되고 말았다.

8

달빛 부스러기

은행나무 이파리 사이
황홀한 달빛 부스러기
눈부시게 쏟아져 버리는데
냇물에는 물고기 없이 헤엄만 가득
하늘에는 새 없이 나래짓만 가득
내 가슴엔 향연(饗宴) 없이 박수만 가득

〈소낙비에 떨어진 은행잎을 줍다〉
정축년(丁丑年, 1517년) 칠월 초닷새, '해문이슬'

    등잔 불꽃 주위로 부나비 한 마리가 날아다니고 있었다. 불
꽃에 닿으면 타 죽을 줄 모르고 부나비는 집요하게도 불꽃 주
변을 맴돌며 집착을 버리지 못했다. 뚜깐은 팔베개를 하고 드
러누워 흔들리는 부나비의 그림자에 시선을 부려 놓은 채 상념
에 잠겨 있었다. 천장의 부나비 그림자는 사념만큼이나 어수선
하고 부산했다.

파지직! 소리가 나는 쪽을 보았다. 불꽃 주변을 맴돌던 부나비가 기어이 불꽃 속으로 달려들었다가 바닥으로 떨어져 버둥거리고 있었다.

허망하기 이를 데 없었다. 부나비의 불꽃에 대한 집착은 삶에 대한 인간의 집착과 무척이나 닮았다는 생각이 들었다.

뚜깐은 자리를 박차고 일어나 앉았다. 그 바람에 미동 않던 등잔불이 부르르 진저리를 쳤다. 벽에 드리워진 뚜깐의 그림자도 크게 움직였다.

등잔불이 평상심을 찾기 위해 좌우로 살랑살랑 한들거렸다. 적의와 애착이 뒤섞인 눈길로 뚜깐은 불꽃을 뚫어져라 응시했다. 뚜깐의 시선에 겁을 먹기라도 한 것처럼 좌우로 한들거리던 불꽃이 서서히 움직임을 멈추었다. 다시 움직이기라도 하면 잡아먹을 듯이 뚜깐은 여전히 불꽃을 노려보았다.

불꽃의 움직임이 멈추자 벽과 천장에 드리워진 뚜깐의 그림자도 거의 움직이지 않았다. 고요했다. 멀리 소쩍새 우는 소리만이 들려왔다. 그 소리는 정적을 깨트리기는커녕 정적을 더욱 깊게 할 뿐이었다.

등잔불을 노려보던 뚜깐이 훅! 촛불을 불어 꺼 버렸다. 벽에 드리워 있던 뚜깐의 그림자는 갑자기 온방을 가득 채울 만큼 덩치가 커졌다. 대신 불빛들은 모두 등잔 속으로 재빨리 숨어 버렸다.

답답했다. 더 이상 방에 틀어박혀 있을 수 없었다.

집 밖으로 나온 뚜깐은 빠른 걸음으로 밤길을 무작정 걸었다. 보름달이 그를 좇느라 애를 먹고 있었다.

뚜깐은 가끔 걸음을 멈추고 우뚝 서서 발 앞에 엎어져 있는 자신의 그림자를 내려다보았다. 서서히 몸을 돌려 이번에는 자신을 비추고 있는 보름달을 바라보았다.

문득 자신이 처량했다. 이토록 처량하고 한심하고 가여울 수가 없었다. 보름달이 이지러졌다. 차가운 눈물이 볼을 타고 흘러내렸다. 보름달을 이끌고 집으로 돌아왔다.

사립문 앞에 몸을 가누지 못하는 한 사내가 서 있었다. 술 냄새가 진동을 했다.

"뉘시오?"

뚜깐의 물음에 사내가 뒤를 돌아보다 풀썩 아래로 허물어졌다. 사람을 부를까 하다가 소리를 삼켰다. 그 사내는 다름 아닌 서진 도령이었다.

잘못 본 게 아닌가 싶어 가까이 가 보았지만, 서진 도령이 틀림없었다. 이 야심한 시각에 이곳엔 어인 일일까?

뚜깐은 마음대로 상상했다. 날 찾아 왔지요, 근휘와 양배를 대신해 용서를 빌러 날 찾아 오셨군요, 용서 따윈 필요치 않아요.

그이가 눈을 떴다.

"사람을 불러 드리지요."

뚜깐이 말했다.

"그만, 그만두어! 나 혼자 갈 수 있어."

서진은 일어나려고 안간힘을 썼다. 간신히 일어서서 한 걸음 내디뎠지만 금방이라도 다시 쓰러질 듯 위태로웠다.

뚜깐은 자기도 모르게 서진에게 다가가 부축했다.

"물 한 사발만 떠다 다오."

서진은 길가 돌덩이 위에 가 앉으며 뚜깐에게 부탁했다. 뚜깐은 아무 대꾸 없이 바가지를 들고 가서 물을 떠다 서진에게 내밀었다. 서진은 물 한 바가지를 숨도 쉬지 않고 단숨에 들이키고는 크게 숨을 몰아쉬었다. 뚜깐은 두어 걸음 떨어진 곳에 모로 서서 서진이 바가지를 건네 줄 때를 기다렸다. 서진이 한없이 안쓰럽고 가여웠다.

서진은 두 팔을 양 무릎에 올려놓고 고개를 떨어뜨린 채 힘없이 앉아 있었다. 뚜깐은 서진이 바가지를 돌려주길 기다렸다. 바가지를 건네받으면, 받자마자 집으로 들어가리라. 서진이 고개를 숙인 채 바가지를 내밀었다. 뚜깐은 바가지를 건네받아 들고 집으로 발걸음을 떼었다.

"고마우이!"

서진의 목소리였다.

뚜깐은 저도 모르게 걸음을 멈추었다.

"미안하이!"

또다시 서진의 목소리였다.

뚜깐은 서서히 뒤로 돌아섰다. 서진은 여전히 같은 자세로 앉아 있었다.

고맙다니요, 미안하다니요, 당치 않아요…….

그간의 모든 오해와 미움이 그 한 마디에 눈 녹듯 녹아 내렸다. 힘없이 앉아 있는 그이를 위로해 주고 싶었다. 안아 주고 싶었다.

서진은 무릎을 짚고 간신히 일어났다. 잠시 그대로 서 있다가 한 걸음씩 조심스럽게 내딛기 시작했다. 금방이라도 쓰러질 듯 위태로운 걸음걸이였으나 조금씩 중심을 잡아갔다. 달려가 그이를 부축해 주고 싶었다. 그러나 마음뿐 몸이 움직이지 않았다. 그저 조마조마한 가슴을 부여잡고 위태롭게 걸어가는 그이의 뒷모습을 바라볼 뿐이었다. 쓰러지면 어쩌나……. 쓰러지지 않으면 어쩌나…….

불안한 걸음을 내딛던 서진은 기어이 쓰러지고 말았다. 뚜깐은 기다렸다는 듯이 달려갔다. 그이에게 달려가며 그이가 쓰러지길 바랐던 자신을 수도 없이 탓하고, 힐책하고, 후회했다.

뚜깐은 서진을 부축해 일으켰다. 서진도 말없이 뚜깐에게 의지해 발걸음을 내딛기 시작했다.

두 사람은 걷기만 했다. 보름달이 따라올 뿐, 주위는 고즈넉한 밤이었다. 말없이 걷는 사이, 어느새 역관 댁이 저만치 다가와 있었다.

"잠시 쉬었다 가세!"

서진은 은행나무 밑에서 걸음을 멈추었다.

"저는 이만……."

서진을 은행나무 밑 풀숲에 앉힌 후에 뚜깐은 돌아갈 의사를 내비쳤다.

"집까지 부축해 주어."

그렇게 말하는 서진이 어린애 같아 '픽' 하고 웃을 뻔했다. 서진은 눈을 감은 채 생각에 잠겨 한동안 움직이지 않았다. 뚜깐은 서진이 가자고 할 때까지 잠자코 그 옆에 서 있었다.

"일으켜, 일으켜 주어."

목소리가 탁하게 갈라졌다.

뚜깐은 시키는 대로 군말 없이 서진을 부축해 일으켜 주었다.

그 때였다. 서진이 뚜깐을 와락 끌어안았다. 뚜깐은 안긴 채

뒤로 물러났다. 무언가가 뒷걸음을 가로막고 있었다. 은행나무
였다.

"가만, 잠시만 이대로 있자꾸나. 잠시만⋯⋯."

갑작스런 포옹에서 벗어나기 위해 버둥거리던 뚜깐은 서진
의 귓속말에 더 이상 반항을 멈추었다. 잠시만 이대로 있고 싶
기는 뚜깐도 마찬가지였다. 아니 영원히 이대로 있고 싶었다.
서진의 숨결이 귓불에 와 닿았다. 무릎에 힘이 빠지는 듯했다.
서진의 입술이 귓불을 스치더니 목덜미로 내려왔다. 목덜미를
애무하던 입술이 이번에는 입술로 포개졌다. 가슴이 터질 것만
같았다. 서진의 입술이 다시 목덜미로 내려갔다. 이어 옷섶을
헤치고 젖가슴을 애무했다.

밀쳐야 하는데⋯⋯. 밀쳐야 하는데⋯⋯. 그러나 몸은 말을
듣지 않았다. 서진의 입술이 닿을 때마다 반사적으로 몸이 움
츠러들기는 했으나 결코 거부의 몸짓은 아니었다.

은행나무의 파란 이파리 사이로 달빛이 마구 부서져 내렸
다. 황홀한 빛 부스러기였다. 눈을 감았으나 더욱 또렷하고 황
홀한 빛 부스러기가 쏟아져 내렸다. 스르르 바닥으로 무너져
내리고 말았다.

얼마나 누워 있었을까, 서진이 벌떡 일어나 옷을 여몄다.

"따라오지 마라. 나 혼자 갈 테니⋯⋯."

화라도 난 목소리였다.

뚜깐은 자기도 몰래 서진을 따르던 걸음을 멈추었다. 은행나무 이파리 사이로 차디찬 달빛이 얼음 가루처럼 부서져 내리고 있었다.

9

오란비

긴긴 오란비로
웃자라고 웃자라던 풀잎
그 끝에 매달려
해를 향해 정좌하고 앉은 이슬
승천을 꿈꾸는가
해탈을 꿈꾸는가

〈풀잎 끝에 맺힌 이슬을 보다〉
임인년(壬寅年, 1542년) 섣달그믐, '해문이슬'

소서(小暑), 초복(初伏)을 지나 중복(中伏)을 앞두고 며칠 간 더위가 기승을 부리더니, 그제부터는 비가 내리기 시작했다. 그치는가 하면 내리고, 그만 오는가 하면 또 퍼부어 댔다.

뚜깐은 대청마루 끝에 넋 놓고 앉아 비를 구경했다. 수심 가득한 낯빛이었다. 눈자위가 거뭇거뭇하고 볼 살이 쏙 빠진 게 한 오 년 세월은 훌쩍 건너 뛴 것 같았다. 살이 빠지면서 허리는 더욱 잘록해졌고, 모가지는 노루 새끼 모양 길쭉해졌다. 궁둥이와 가슴만이 살이 빠지지 않고 그대로여서 더욱 도드라져 보였다. 거기다가 낯에 수심이 서리자 계집애 티가 완연히 벗겨지고 성숙한 여인네의 향취가 물씬했다.

달포 전, 동네 악동들이 자신들의 왕초를 만나기 위해 찾아왔다가 여인으로 변해 버린 뚝간의 모습을 발견하고는 몹시 낯설어 하며 물러갔다. 예전의 왕초는 온 데 간 데 없었다. 함께 가댁질을 하고 자치기, 비사치기, 제기차기, 먹국을 하고, 닭서리, 콩서리를 지휘하고, 윗말 아이들과의 새총 전쟁을 승리로 이끌게 했던 왕초는 이제 만날 수 없었다.

뚝간은 옛날처럼 동네 아이들의 왕초 노릇을 하며 철없이 뛰어 놀던 때가 그리웠다. 다시 그 시절로 돌아가 아이들과 해 늦도록 놀고 싶었다. 한 철만이라도 되돌리고 싶었다.

불과 서너 달 전만 해도 세상이 이토록 재미없을 줄은 몰랐다. 마음은 한없이 권태로우면서도 여유는 손톱만큼도 없었다. 늘 무언가에 쫓기듯 불안했고, 다가올 내일은 암담해 보였다.

"무슨 생각을 그리 골똘히 하누?"

언제 왔는지 삿갓과 도롱이를 쓴 뜰에봄이 옆에 와 앉으며 물었다.

"작은 사부 오셨어요."

뚜깐은 자리에서 일어나 깍듯이 인사했다. 뜰에봄이 뚜깐의 글 선생이 되면서 뚜깐은 뜰에봄을 형님이라는 호칭 대신 한사코 작은 사부라고 불렀다.

"어머님 병세는 좀 어떠신가?"

"여전하시어요."

"얼른 훌훌 털고 일어나셔야 할 터인데……. 그래 글은 배울 만한가?"

"이예!"

사실 요즘 들어 낙이라곤 글을 배우는 것밖에 없었다. 모든 게 다 근심 걱정거리들뿐이었으나 오직 글 배우는 일만은 즐겁고 재미있었다. 글을 익히는 동안만큼은 모든 시름을 잊을 수 있었다. 얼마 전 초성(初聲)을 모두 익혔을 뿐이지만, 세상을 다 깨친 것처럼 기쁘고 자랑스러웠다. 한 자 한 자 깨우칠 때마다 자신이 그럴 수 없이 대견했다.

조바심이 났다. 글을 하루 빨리 깨쳐 그이에게 서찰을 보내고 싶었다. 일전에 있었던 일 따윈 염에 두지 말라고, 과거 공부에만 열중하라고, 그리하여 급제도 하고 참한 규수 만나 혼례도 치르라고…….

뚜깐은 글 익히는 데 몰두했다. 낫자루로 'ㄱ'을 만들어 보고는 대단한 발견이라도 한 것처럼 기뻐했고, 'ㄴ'도 될 수 있다는 사실에 하늘을 날 듯 행복해 했다. 아궁이에 불을 지피다가도 부지깽이로 땅바닥에 자모를 써 보았다. 측간 부출을 딛고 앉았을 때에도, 빨래를 할 때에도, 우물을 길을 때에도, 나무를 할 때에도, 밥을 지을 때에도, 바느질을 할 때에도 머릿속으로는 자모를 떠올렸다. 잠을 자기 전에는 방바닥에 배를 깔고 누워 콩이나 팥 알갱이로 자모 모양을 만들어 보다 잠들곤 했다.

"벌써 초성을 모두 왼다고 했더니 다들 놀라던걸. 사부님께서도 매우 기뻐하시면서 참으로 장한 일이라며 자네를 칭찬하시었다네."

뜰에봄이 칭찬을 아끼지 않았다.

"작은 사부님 덕분인걸요, 뭐."

뚜깐은 쑥스러워하며 빙그레 웃어 보였다.

뜰에봄과 뚜깐은 글공부를 시작하기 위해 헛간 방으로 발걸음을 옮겼다. 며칠 동안 쉬지 않고 내리는 오란비로 헛간 방은 눅눅하게 습기가 차 있었다. 구들이 아닌 맨바닥인 탓에 불을 땔 수도 없었다. 짚세기를 깔고 그 위에 돗자리를 폈으나 바닥에서 냉기가 올라왔다. 화로를 갖다 놓고 두툼한 짚방석을 깔고 앉은 뒤에야 방바닥의 냉기를 차단할 수 있었다.

글공부를 시작했다. 천장에서 빗물이 여기저기 뚝뚝 떨어지고 있었으나 아랑곳하지 않았다.

"오늘부터는 중성(中聲)을 공부해 보도록 함세. 이 중성이라는 것은 자운(字韻)의 가운데 소리로서 초성과 중성을 합치어 소리를 이룬 것을 말하는데, 예를 들어 '튼'에서 '·', '즉'에서 'ㅡ', '침'에서 'ㅣ'가 바로 중성이라. 우선 중성의 가장 대표되는 '·', 'ㅡ', 'ㅣ'에 대해서 알아볼 것 같으면, '·'는 동그라미를 상징한 것인데, 하늘의 둥근 것을 본뜬 모양으로서, 발음을 할 때 혀가 오므라지고 그 소리가 깊고, 'ㅡ'는 땅의 평평한 모양을 본뜬 것으로서, 발음할 때 혀가 조금 오므라지고 소리가 깊지도 얕지도 않고, 마지막으로 'ㅣ'는 하늘을 이고 땅에 우뚝 서 있는 사람의 모습을 상징한 것인데, 발음할 때 혀가 오므라지지 않고 그 소리가……."

그 때였다.

"성님! 성님! 계시오!"

바우뫼가 사립문을 열고 들어서면서부터 뜰에봄을 부르며 다급하게 달려왔다. 공부를 하는 중에는 방해하지 않는 것이 그들 사이의 불문율이었으므로 뜰에봄은 표정을 굳히고 대답조차 하지 않았다. 바우뫼는 다짜고짜 헛간 방으로 달려들었다. 바우뫼는 도롱이조차 걸치지 않은 채 달려왔는지 온몸이 비에 흠딱 젖어 있었다.

"성님! 시상에 요런 일이 워디 있당가요!"

방바닥에 철퍼덕 앉으며 바우뫼가 한탄을 했다. 뜰에봄은 여전히 표정을 굳힌 채 아무런 대꾸 없이 정좌한 채 바우뫼에게 눈길조차 돌리지 않았다. 화가 났다는 증표였다. 바우뫼도 그 사실을 모를 리 없었다.

"공부 중일세, 아우!"

싸늘하게 식은 말투로 뜰에봄은 바우뫼에게 마지막 경고를 하고 있었다. 임금이 또 무슨 일을 저질렀음을 바우뫼의 호들갑으로 능히 짐작할 수 있었다. 어느 여염집 아낙을 범했다거나 자신의 친족과 상간(相姦)했다는 소문일 게 뻔했다. 그런 소문이라면 이제 신물이 났으며 전혀 놀랄 일도 아니었다. 물론 공부보다 중요하지도 않았다.

"아, 지금 공부가 문제요. 나라말을 폐지했다는데!"

바우뫼의 말에 꼿꼿하게 앉아 있던 뜰에봄이 자세를 흐트러뜨리며 놀란 눈으로 바우뫼 쪽으로 돌아앉았다.

"그게 무슨 소린가, 나라말을 폐지하다니!"

"매칠 전에 임금을 비난하는 나라말 괘서가 궁궐 안에서까지 나돌았던 모양인디 고놈을 임금이 딱 보아 뿌린 모양이오."

"그래서!"

"그래서는 뭣이 그래서요. 나라말을 금지한다고 어명을 콱 내려 뿌린 것이제라. 나라말로 된 책은 싸그리 쓸어다가 불태와 분다고 안 그랍니까."

"아우가 뭘 잘못 알았겠지. 설마하니 그만한 일로 나라말 사용을 금지하고 책을 불태운단 말인가."

"그런당께로요. 참말인지 아닌지 나와 보씨오. 관가 벽에다가 대문짝만 하게 써 붙여 놨인게."

"세상에 어이 이런 일이……."

"성님, 요것이 도대체 임금으로 할 짓입디여."

"소리 낮추게!"

"워쩌케 소리를 낮추요. 워메 복장 터지는거!"

"……."

"성님 요노무 일을 워째야 쓰께라."

"알았으니 그만 가 보게, 내 곧 뒤따라 갈 터이니."

"세모돌하고 사부님이 기다리고 있잉게 싸게 오시오잉."

"그럼세!"

바우뫼가 간 후에 뜰에봄은 잠시 아무 말도 않은 채 눈을 감았다. 화를 억누르고 있었던 것이다. 어떻게 이런 일이 있을 수 있는지 이해할 수 없었다.

"어떠한 일이 있더라도 나라말 사용은 계속되어야 할 것이야! 어떠한 일이 있더라도!"

뜰에봄은 삿갓과 도롱이를 걸치며 누구에게랄 것도 없이 그특유의 여리고 가냘픈 목소리로, 그러나 단호하게 뇌까렸다.

그 때, 밖에서 인기척이 들렸다.

바우뫼가 방문을 벌컥 열어젖혔다. 방문 앞에 사부가 서 있었다. 사부를 발견한 뜰에봄과 뚜깐은 냉큼 일어서 고개를 조아렸다.

사부는 아무 말 없이 방 안으로 들어갔다.

"인자 지들은 우짜마 좋심껴, 사부님!"

세모돌이 사부를 뒤따르며 작은 소리로 말했다.

"반정을 해 부러야 한당께요. 곡괭이를 들고 가서라도 묵은 임금은 몰아내고 새 임금을 모시야 합니다요."

바우뫼가 불쑥 나섰다.

"닥치거라, 이놈!"

사부가 손바닥으로 자신의 무릎을 치며 일갈했다.

"너희들이 설치지 아니 하여도 묵은 것은 떠나가고 새 것이오게 마련이니라."

"허면, 저희들은 이렇게 가만히 앉아 있기만 하면 된다 그말씀이오니까."

전에 없이 뜰에봄이 따지듯 물었다.

"가만히 앉아 있기는 어이 가만히 앉아 있어. 서책을 필사하고 나라말 번역을 하고 있지 않느냐. 그 일이 임금을 갈아치우는 일보다 백 배 천 배 더 중요하니라. 쓸데없는 일에 마음 쓰지 말고 너희들 소임에나 충실하도록 하면 그만인 게야."

사부는 뜰에봄을 힐책하는 눈길로 바라보며 나무랐다.

"사부님! 솔직허니 말씸 디려서, 서책 필사하는 일이 워쩌케 임금을 갈아치우는 일보다 중할 수가 있당가요. 지나가는 가이 새끼한테 물어도 어느 놈이 중한가 알겄네요."

바우뫼가 사부의 지팡이를 경계하며 따지듯이 말했다.

"소인도 바우뫼 아우와 같은 생각이옵니다. 사부님, 어째서 서책 필사하는 사소한 일이 한 나라 임금을 갈아치우는 일보다 중요한 것인지 설명해 주옵소서."

뜰에봄이었다. 꼿꼿이 앉아 또박또박 말하는 데 주저함이 없었다.

"이런 이런! 헛 가르쳤군, 헛 가르쳤어! 그간의 세월이 허망하구나! 허망해!"

사부는 모로 팩 돌아앉으며 한탄을 했다.

"허긴 너희들 잘못만은 아닐 게야. 다 이 못난 늙은이 탓인 게지. 내 너희들을 옥박지르기만 했지 뭐 하나 제대로 가르쳐준 게 있다냐."

제자들은 사부의 한탄이 송구스러워 머리를 조아렸다.

사부는 정좌하고 앉아 잠시 침묵을 지키고 있다가 낮게 가라앉은 목소리로 말문을 열었다.

"제 나라 글을 내버려 두고 남의 나라 글을 하늘처럼 떠받들고 사는 이 나라 선비들의 사고방식이 얼마나 잘못되었는지에 대해서는 내 너희들에게 누차 말했을 것이다. 이제는 임금조차 나라말을 팽개치고 괄시하려 드니 참으로 하늘을 두고 통탄할 일이 아닐 수 없구나. 허나, 임금을 갈아치운다고 될 일이 아님을 알아야 할 게야. 나라말을 괄시하는 것으로 말할 것 같으면, 선비들이 더하면 더했지 덜하지는 않을 터인데, 그것들을 모두 없앨 수는 없는 노릇이 아니냐. 식자들이 나서서 나라말을 배우고 익히고 또 가르쳐야 할 터인데, 그러하지는 못할망정 저희가 나서서 나라말을 헐뜯고 비방하고 무시하니 이런 기막힌 일이 어디 있겠느냐. 나라말을 귀하게 여기지 않음은 곧 제 스스로의 가치를 떨어뜨리는 행위니라. 제 소리와 제 말과 제 글을 천히 여기면서 어이 멸시받지 않기를 바랄 수 있겠느냐. 이 나라 임금이 스스로 나라말을 작파하겠다고 선언했으니, 왕관에 똥물을 뒤집어쓰겠다고 자청한 꼴이지. 그러니 너희들이 흥분하는 것도 무리는 아니다. 허나, 흥분만 한다고 될 일이더냐. 멀리 보아야지. 백년, 오백년, 천년 후대를 보아야지."

사부는 잠시 말을 끊고, 탁자 위의 호두알 두 개를 손에 쥐고 돌리기 시작했다.

　"글이란 것은 임금이 금한다고 없어지는 게 아닌즉, 많은 백성들이 쓰는 데에는 도리가 없는 게야. 물론 총명하고 명민한 성군이 나서서 나라말 쓰기를 권장하고 스스로 익힌다면 훨씬 빨리 유포되겠으나 아무리 임금이 쓰라고 권장하고 법으로 정한다 해도 그 백성이 사용하지 않으면 그뿐인 게야. 글이란 그런 것이지. 임금만 탓할 것이 아니라 백성 하나하나가 각성해야 하느니라. 하여 너희들이 지금 하고 있는 그 일이 중요하다는 게야. 나라말을 만들어 놓기만 해서는 소용이 없지 않겠느냐. 우선은 모든 서책이 나라말로 되어야 하느니라. 그것이 어디 하루아침에 이루어질 수 있는 일이더냐. 백 날이 걸리고, 천 날이 걸릴 테지. 아니 몇 백 년이 걸릴지도 모르는 일이야. 어느 천 년에 그 많은 서책을 모두 나라말로 옮기느냐고 할지 모르겠다만, 선비 한 사람이 한 권씩만 나라말을 익히고 한자로 된 서책을 옮긴다면 일 년도 채 걸리지 않을 테지. 허나, 선비라는 작자들이 남의 나라말만 외고 앉았으니 그 또한 현재로선 꿈 같은 일."

　사부는 손아귀의 호두알 두 개를 연방 돌렸다.

　"그러니 우리라도 한 권씩 부지런히 번역해서 나라말로 된 서책을 한 권이라도 더 만들어 놓을 수밖에……. 내 너희를 데리고 전국을 떠돌며 서책을 필사하게 하는 것은 나라말 본을 만들기 위함이니라. 너희들이 그 동안 애를 쓴 덕에 지금 수백권의 나라말 서책이 확보되지 않았느냐. 죽기 전에 단 한 권이라도 가치 있는 서책을 너희에게 구해 주는 게 내 할 일이니라. 해서 그 나라말 본을 세상에 배포하면 내가 죽고 난 후에도 나라말을 익히는 자들이 하나 둘 늘어나게 되지 않겠느냐."

사부는 말을 끊고 호두알을 도로 탁자 위에 올려놓았다.

"당부하건대, 번역 작업도 중요하나 더욱 힘써야 할 일은 나라말로 작문을 하는 것이니라. 나라말로 시를 지어 읊고 문을 지어 읽는 일만큼 고귀한 일은 없을 게다. 수백 권의 서책을 번역하는 것보다 아름다운 시 한 수를 나라말로 지어 읊는 것이 더욱 고귀한 일이지. 부디 후대에 남을 글을 많이 작문할 수 있도록 정진하고 또 정진하여라. 말이 나온 김에, 이것으로 내 유언을 삼으리니 명심해 들어 주기 바라니라."

사부의 입에서 유언이라는 말이 나오자 제자들은 송구스러워 몸 둘 바를 몰라 했다.

"덧붙여 내 너희에게 당부하나니, 너희 일신을 소중히 여겨 경거망동하지 않도록 주의하여야 할 것이야. 너희 하나하나는 내 보기엔 임금보다 중요하고 수백의 선비보다 중한 책무를 지

닌 사람들이니라. 너희 중 하나가 잘못 되면 나라말의 장래가
그만큼 암담해지는 게야. 그리 생각하고 함부로 일신을 놀려서
는 아니 되느니."

사부는 가슴 속에 담아 두었던 말을 길게 쏟아 놓았다.

뜰에봄, 바우뫼, 세모돌은 아무런 대꾸도 하지 못한 채 고개
를 조아리고만 있었다. 뚜깐은 자신이 있을 자리가 아닌 것 같
아 바늘방석에 앉은 듯 불편했다. 글공부는 앞으로 어찌 되는
지 그게 궁금할 뿐이었다.

10

하늘 빈 터

대웅전 바닥에 드러누워 목탁 구멍을 들여다보는 동자승 구름
돌멩이로 풍경을 맞추고 좋아라 하는 노망한 노승 구름
새 한 마리 옹슬(擁膝)하여 하늘 빈 터를 가로지른다
길 잃은 하늘, 그 새에게 길을 묻다

〈사부를 땅에 묻고 봉분 대신 나무를 심다〉
을사년(乙巳年, 1545년) 시월 열하루, '해문이슬'

나라말 서책을 수거해 모두 태우기 시작했다는 소문이 파다
했다. 나라말 패서가 임금의 눈에 띄지 않도록 노심초사하던
병졸들은 나라말 사용의 금지 어명이 내려지게 되자 예전보다
더욱 검문검색을 철저히 했다.

나라말 사용 금지 어명이 내려진 뒤로는 글 배울 짬이 나지
않았다. 짬은 고사하고 공부할 장소조차 찾기 어려웠다. 사람
들의 왕래가 잦은 주막에서 나라말 공부를 할 순 없는 노릇이
었다. 헛간 방은 사람들의 출입이 거의 없었으나, 주막을 드나

드는 뭇시선들을 의식하지 않을 수 없었다. 게다가 고을 곳곳을 들쑤시고 다니는 병졸들이 뚜깐네 주막이라고 가만두지 않았다. 하루에도 몇 차례씩 들이닥쳐 식사 중인 객들에게조차 검문검색을 요구했다.

글공부를 영영 못하게 되는 게 아닌가 염려했으나 서낭당 뒤편의 작은 암자에서 계속하기로 했다. 나무를 하러 다니며 몇 번 본 적이 있는 암자였다. 누가 만들었는지 언제부터 그 자리에 있었는지는 알 수 없었다. 주인이 따로 있는 것도 아니었고, 산을 지나다 누구라도 쉬어 갈 수 있는 장소였다. 황토 흙에 짚을 섞어 만든 흙벽에, 송판때기 너새로 지붕을 촘촘히 얹어 비바람이 몰아쳐도 끄떡없을 만큼 튼튼했으며, 아궁이까지 있어 간단히 끼니를 끓여 먹을 수도 있었다.

오시(午時) 쯤에 약속을 했으나 뚜깐은 아침을 먹자마자 일찌감치 지게를 지고 암자로 향했다. 암자로 가는 길은 일전에 근휘 일행으로부터 놀림을 당했던 개울을 건너야 했다. 벚나무와 앵두나무의 꽃 이파리가 봄바람에 분분히 날리던 때 와 보고는 처음 오는 길이었다. 징검다리를 건너다 말고, 근휘 일행이 서 있었던 장소를 보았다. 아무도 없었다. 서진이 앉아 있던 커다란 바위가 눈에 들어왔다. 뚜깐은 무언가에 이끌리듯 바위 앞으로 다가갔다. 지게를 개울가에 내려놓고, 바위 위에 앉았다. 여름 햇살에 달구어진 탓인지 뜨듯했다. 뚜깐은 그것이 서진의 체온인 양 감격했다. 눈을 지그시 감고 바위의 온기를 음미했다. 아랫녘으로부터 온몸으로 바위의 온기가, 아니 서진의 체온이 전해져 오는 듯했다. 은행나무 밑에서의 일이 떠올랐다. 눈을 감아도 마구 부서져 내리던 은색의 달빛 부스러기가 생생했다.

문득 주변의 사물들이 너무도 선명한 색깔과 모습으로 다가왔다. 까닭 모를 서러움이 가슴 깊이 스며들었다. 개울물이 뚜깐의 가슴 밑바닥으로 서럽게 굽이쳐 흘렀다. 이름을 알 수 없는 산새가 슬프게 울어 댔다. 서럽고 또 서러웠다. 바람에 흔들리며 뿌리를 털고 따라나서지 못해 안달인 풀꽃이 서러웠고, 풀꽃을 흔들고 초록 무성한 나뭇가지에 목을 매는 어린 바람이 서러웠고, 나뭇가지에 매달려 있던 초록 이파리 중 하나가 문득 생각난 듯 아래로 떨어져 내리는 것도 서러웠다.

꿩 한 마리가 푸드덕 날아올랐다. 그 소리에 놀라 뚜깐은 바위에서 일어나 옷고름으로 눈물을 훔치며 뒤도 돌아보지 않고 징검다리를 건넜다. 서낭당을 지나 암자에 닿을 때까지 한 번도 쉬지 않고 내처 걸었다. 서낭당을 지나면서부터는 오르막이었던 데다 숲이 우거져 걷기가 수월찮았다.

암자에 도착했을 때, 뚜깐의 온몸은 땀으로 범벅이 되어 있었다. 암자에는 아무도 없었다.

뚜깐은 암자를 바라보며 멍하니 서 있었다. 암자는 세상을 등지고 면벽하고 앉아 있는 괴팍한 중의 뒷모습과 닮아 있었다. 사람들의 시선을 의식하지 않고 공부를 하기엔 이만한 곳도 없을 듯했다. 암자를 바라보며 서 있는 동안 온몸의 땀이 식어 갔다. 아름드리나무들로 울창한 숲 속이라 그런지 한여름임에도 불구하고 시원하다 못해 서늘할 정도였다. 땀이 식어 가면서 한 발자국도 움직일 수 없을 만큼 온몸이 노곤했다.

암자의 방 안을 들여다보았다. 세간 하나 없는 텅 빈 방이었다. 오랫동안 비워져 있었다면 방바닥이 성할 리 없건만 일부러 누가 훔쳐 놓기라도 한 것처럼 반들반들했고, 천장에는 거미줄 하나 보이지 않았다. 부엌으로 가 보았다. 아궁이가 바짝 말라 있는 것으로 보아 누군가 최근까지 암자에 머물렀음을 알 수 있었다. 약속한 시간보다 일찍 온 것은 청소를 해 놓기 위해서였는데, 그럴 필요가 없었다.

방문을 닫고 물러나는데, 방문 위에서 무언가가 뚜깐을 내려다보는 듯했다. 올려다보니 현판 하나가 걸려 있었다. 현판은 옛것 그대로였으나 그 위에 쓰인 글씨는 옛것이 아니었다. 쓰인 지 얼마 되지 않았는지 현판에 쓰인 글씨가 또렷했다. 글씨는 놀랍게도 한문이 아닌 나라말이었다.

나라말로 된 현판을 본 적이 없었으므로 몹시 낯설었으나 뚜깐으로서는 반갑기 그지없었다. 모두 네 글자로 되어 있었다. 뚜깐은 침을 꼴깍 삼키며 글자를 살펴보았다. 첫 번째 글자는 초성 'ㅎ'과 중성 'ㅏ'로 되어 있었다.

"하."

첫 번째 글자를 읽어 놓고, 뚜깐은 스스로가 기특해서 박수를 쳤다. 다음 글자를 읽기 위해 현판을 바라보았다. 무슨 글자인지 잘 알 수 없었다. 아예 마루로 올라서서 현판을 올려다보았다. 한참만에야 두 번째 글자가 '늟'이라는 것을 알 수 있었다.

"하늟."

뚜깐은 좋아서 어쩔 줄 몰라 하며 손뼉을 쳤다.

"하늟, 하늟 천(天) 할 때 그 하늘이다!"

그랬다. 그 글자는 하늘을 가리키는 나라말이었다.

뚜깐은 마구 뛰는 가슴을 진정시키기 위해 심호흡을 한 후 마지막 두 글자를 읽어 보았다.

"븬…… 터! 븬터! 하늟 븬터!"

무슨 뜻인지는 명확진 않았으나 분명 그 글자가 '하늟 븬터'인 것만은 틀림없었다. 뚜깐은 마당을 깡충깡충 뛰어다니며 어린애처럼 좋아했다. 어두운 동굴 속을 헤매다 해를 만난 것처럼 세상이 일시에 확 밝아지는 느낌이었다. 자랑하고 싶었다. 새와 나무와 작은 벌레들에게 글자를 읽을 줄 안다고 으스대고 싶었다. 너희는 글을 못 읽지, 난 읽을 줄 알아, 소리치고 싶었다. 뚜깐은 뜰에봄 사부가 빨리 도착하길 바랐다. 사부에게 현판을 읽어 보이고 싶었다. 그러나 오시가 되려면 한참은 더 기다려야 할 판이었다. 안달이 나서 서낭당까지 내려갔다 오길 두어 번, 정작 오시가 가까워 올 즈음에는 제풀에 지쳐 시들해져 있었다.

뚜깐은 암자 옆에 덩그러니 놓여 있는 바위 위에 가 앉았다. 바위 옆에는 노송 한 그루가 그늘을 드리우고 있었다. 소나무 그늘 밑으로 기어 들어가 길 쪽을 바라보며 뜰에봄을 기다렸다. 깍은 듯 평평한 바위는 두 사람이 마주 앉아 장기라도 두며 담소를 나누기에 딱 알맞은 넓이였다. 햇살이 나뭇잎 사이로 바스러져 내렸다. 서낭당까지 두어 번 오르내렸더니 잠이 쏟아졌다. 좌로 끄덕, 우로 끄덕, 연방 꾸벅거리며 졸다가 기어이 모로 쓰러져 누워 버렸다.

그러나 깊이 잠들 수는 없었다. 모로 누워 있은 지 얼마 되지 않아 뚜깐은 무언가에 놀란 듯 화들짝 일어나 앉았다. 깜빡 노루잠이었다. 뚜깐은 일어나자마자 앉은 자리 주변을 겁에 질린 표정으로 살폈다. 아무것도 없음을 확인하고 나서야 비로소 안

도의 한숨을 내쉬며 이마에 맺힌 땀방울을 훔쳐 냈다. 어른 팔 뚝만한 구렁이가 품으로 들어왔던 좀 전의 꿈이 너무도 생생하고 또렷했다. 허벅지를 휘감고 가슴에 안겨 오던 구렁이의 그 미끈한 감촉이 생생해 몸서리가 쳐졌다. 문득, 구렁이 꿈을 꾸고 사내아이를 가졌다는 이웃집 새댁의 말이 떠올랐다.

태몽?

난생 처음 본다는 듯 뚜깐은 자신의 배를 내려다보았다. 갈증이 났다. 바위에서 내려와 계곡으로 내려갔다. 계곡에는 차가운 물이 돌돌돌 소리내며 흐르고 있었다. 뚜깐은 세수를 하고 손으로 물을 떠 마셨다. 조금은 살 것 같았으나 여전히 갈증이 가시지 않았다. 다시 한 번 세수를 하고 일어나려는데 홍혹색으로 먹음직스레 잘 익은 산딸기가 눈에 띄었다. 뚜깐은 잘 익은 놈으로 서너 개를 따서 입 안에 넣고 우물거렸다. 물을 마셔도 풀리지 않던 갈증과 허기가 단숨에 가시는 듯했다. 요즘에는 입에 당기는 것도 없거니와 무엇을 먹어도 맛을 알 수 없었는데, 새콤달콤한 산딸기를 먹으니 그 동안 먹고 싶었던 게 바로 이거다 싶을 만큼 입에 꼭 맞았다. 뚜깐은 가시에 찔려 가면서 걸신 들린 듯 산딸기를 따먹었다. 한 손으로 딸기를 따서 입으로 가져가는 동안에도 다른 손은 딸기를 따기 위해 가시덤불을 헤치고 있었다. 아무런 생각도, 아무런 걱정도 그 순간만큼은 떠오르지 않았다. 그저 딸기를 따서 입에 넣고 우물거리는 것에 온전히 몰두할 뿐이었다. 그러나 머릿속은 마구 뒤엉킨 실타래처럼 복잡했다. 그토록 원하던 서진의 아이를 얻은 것이라면 어쩌지? 아이를 얻은 것이 아니라 한낱 헛구역질에 불과하다면 또 어쩌지?

"노루 새깽인 중 알었네! 시방 뭣하고 있는가?"

언제 왔는지 바우뫼가 뚜깐을 내려다보며 비아냥거렸다. 세모돌과 뜰에봄 사부도 그 뒤에 서 있었다. 뚜깐은 손에 들고 있던 산딸기를 입에 털어 넣고는 소매로 입가를 훔치며 쑥스러운 듯 빙그레 웃었다.

"음마마 어째 웃고 지랄이까."

바우뫼가 퉁을 주었다.

세모돌이 뜰에봄을 의식하라는 듯 바우뫼의 옆구리를 질렀다. 바우뫼도 실언했구나 싶어 뜰에봄의 눈치를 살폈으나 다행히 뜰에봄은 못 들은 척 암자를 향해 가고 있었다.

"딸기를 울매나 허발거려 놨길래 쥐딩이가 아조 싯뿔거니 물이 들어가꼬 난리가 아니구마. 혼자만 묵지 말고 쬐께 줘봐!"

"흥! 이뻐서 주겠다! 먹고 싶음 직접 따 먹지!"

"욧시, 성님헌티 베르장머리 없구로 또 덤벼쌌네. 뜰에봄

160

성님 야그 못 들었냐. 우리를 성님으로 깍듯하니 알아모시라고
말여."

"성님다워야 성님으로 모시지, 흥!"

"이쁘다 이쁘다 해 중께로 인자는 아조 상투를 잡자고 드
네!"

"잡고 흔들 상투나 있나, 더벅머리 주제에! 평생 장개나 들
수 있을까 몰라!"

"누가 할 소리! 넘 걱정 말고 제 앞닦음이나 허제. 머리 얹혀
줄 사내나 있을랑가 몰라!"

뚜깐과 바우뫼가 주거니 받거니 티격태격하는 사이 뜰에봄
과 세모돌은 저만큼 앞서 가고 있었다.

"이보게 아우님들! 뭣들 하고 있는 겐가!"

마침 뜰에봄 형님이 부르는 소리가 들렸고, 두 사람은 뜨악
한 눈길을 나누며 걸음을 재촉했다.

네 사람은 암자 방에 둘러앉았으나 잠시 동안 아무도 입을
열지 않았다.

"자네들 의견은 어떠한가?"

이윽고 뜰에봄이 입을 열었다. 뚜깐을 제외한 나머지 두 사
람은 말뜻을 알아듣는 듯했다.

"하다못해 괘서라도 다시 붙여야 쓰지 않겠어라. 가만히 당

하고만 앉았을랑께 복장 터져 죽겠소. 지금 우리덜헌티 필요한 것은 서책을 필사하고 나라말 번역하는 것보담도 힘, 힘이다 이 말이지라."

바우뫼가 흥분해서 떠들었다.

"나라말 괘서 붙이는 것보다 서책 필사하는 것이 더 중요한 일이라꼬 사부님이 그래 말씀하시는데, 니는 아직도 말귀로 못 알아묵었나."

세모돌이 바우뫼를 힐책했다.

"아 누가 그 말씀을 몰라서 그러까. 사부님 말씀 백 분 납득하고 가심으로 똑똑허니 새겨들었다 이 말여. 허나 시방처럼 나라말 자체를 작파해 불겠다고 나오는 마당에 가만히 있을 수 는 없지 않느냐 이 말이제."

"먼 나중을 생각하라꼬 안 그라시드나."

"오늘이 지대로 돌아가야 쓸 만한 나중이 도래하는 기 아닌 감. 근디 요노무 오늘이 으떠냐. 지대로 돌아가고 있남. 천만에 말씀이잖냐 이거제. 지끔이 어떤 시기냐 하면 말여, 구랭이를 딱 맞닥뜨린 형국이다 이 말이시."

바우뫼는 계속해서 말을 이어 나갔다.

"아무튼지 간에, 내 말으 요지는 가만히 있을 수는 없다 이 말여. 선비들이 꿀 먹은 벙어리맹키 입 다물고 있을 적에, 우리들이라도 나라말으로다가 바른 소리를 하먼, 나라말의 위력을 일반 백성들에게 알릴 수도 있고, 또 그것 자체가 나라말을 널리 알리는 효과도 볼 수 있다 이 말이시. 그라고 나가 글을 배울 적엔 요래 답답할 짝에 하고 젚은 말을 하자고 배운 것이제, 입 다물고 있자고 배운 것이 아니다 이 말여. 하고 싶은 말이 있어도 글을 몰라서 입을 다물고 있어야 했던 것이 하도 원통히서 사부님이 글 갈캐 준달 때 좋아라고 따라나섰던 거여. 근디 요놈 글을 배우고도, 입을 다물고 있어야 쓴다고라고라! 양반님네 땅뙈기 붙여 묵고 사시던 우리 압지 우리 엄니, 공자가 펭생 뭐라고 씨부렸는지, 맹자가 뭣하는 작자인 중은 몰르고 사셨어도, 공맹자가 떠든 것처럼 웃사램 공경하고, 배운 놈 떠받들고, 잘난 놈 치켜 주고, 있는 놈 비위맞춰 감서 사셨지라. 것뿐이간디, 아랫사람 사랑하고, 못 배운 놈 무시 않고, 불쌍한 놈 챙겨 주고, 못난 놈 얼러 주고, 없는 놈 나눠 주고 사시문서, 옳을 일을 보먼 잘 했다고 박수 쳐 주고 칭찬혀 주고, 그른 일을 보먼 나쁜 놈이라고 야단을 쳤소. 그란디, 맹공자 달달 외시는 양반님네들 워떻게 삽디여. 못난 놈 등쳐 묵고, 불쌍한 놈 간 빼 묵고, 못 배운 놈 무시하고, 아랫사람 짓밟음서 제 놈보다 강한 놈덜한티는 범 아가리 앞에 또깽이 새끼마냥 끽 소리 못하잖던가요. 잘못된 일을 봐두 제 이익허구 상관없음 아가리 딱

봉해 불고 나 몰라라 하는 것이 그 작자들 생리지라. 헌디, 시방 나가 그런 작자들 맹키로 잘못된 일을 봤어두 내하고는 상관없는 일잉께 입을 다물고 있어라 이 말요? 내는 글게 못하겄네. 잽해 묵히는 한이 있어두 범이 잘못허는 일이 있이먼 지적을 해야 된다 이 말씀이지라. 그른 것은 그르다, 옳은 것은 옳다고 야그해야 쓰지 않겄어라. 몰르먼 몰라서 입을 다물고 있다지만, 알문서도 입을 다물고 있다먼 뭐가 잘못된 거 아니겄어. 제 한몸 살겄다고 입을 봉하고 사는 양반님네들맹키 살아야 하느냔 말여. 공자가 으뗬고 맹자가 으뗬고 백날 주워섬기먼 다여."

바우뫼는 언성을 높였다.

그래 놓고, 뜰에봄을 의식하며 눈치를 살폈다.

"성님 기신데, 언성을 높였구먼요. 용서하시써요. 성님 앞이서 주제넘게끔 떠들었구만이라……."

"괜찮네! 오늘 이리 모인 것은 서로의 의견을 허심탄회하게 풀어 놓고 앞으로 어이 할 것인지 그 방법을 모색하기 위해서가 아니던가. 개의치 말고 어여 말해 보게나."

"더 할 말도 없어라. 다만, 비겁한 작자는 되고 싶지 않다는 것이 지 말의 요지구먼요."

"그럼, 세모돌 자네 의견은 어떤가?"

"지는 잘 모리겠심더. 바우뫼 말을 들어보마 바우뫼 말이 맞고, 사부님 말씸을 들어보마 사부님 말씸이 옳으시고…… 당췌 우예야 될지 모르겠심더. 하지만도 한 가지 맹심해야 할 것은, 사부님께서 당부하신 말씸을 허투루 흘리서는 아이 될 김다. 사부님께서 괘서를 붙이지 말라고 이른 것은, 단순히 우리가 다칠까비 나서지 말라는 것만은 아이잖겠슴꺼. 괘서를 붙이는 일은 당장에 분통을 삭힐 수는 일을랑가 몰라도, 나라말 번역 작업처럼 먼먼 후대를 위한 일은 못 된다고 생각합니다. 괘서를 붙이는 일은 우리가 아니라도 할 수 있으나 번역 작업은 우리 겉은 사램이 아이마 할 사램이 드물다는 기 사부님 걱정아이겠슴꺼. 허나 지도 바우뫼 말에 전적으로 동의합니다. 우예 할 긴지 형님이 결정해 주이소. 지는 형님 의견에 따를랍니다."

"음……."

뜰에봄은 턱을 괴고 생각에 잠겼다.

잠시 무거운 침묵이 감돌았다.

"자네 의견은 어떤가?"

제 목구멍 속으로 넘어가는 침 소리에 귀를 기울이고 있던 뚜깐은 설마 자신에게 의견을 물을 줄은 생각지 못했다.

"아무 말이라도 좋으이. 자네 생각을 말해 보아."

은밀한 대화를 들을 수 있게 해 준 것만으로도 황송할 지경인데, 발언 기회까지 주어지니 뚜깐은 몸 둘 바를 몰랐다.

　"아따따 첫날밤 맞은 각시 맹키 얼굴을 발그족족허니 붉힘서 부끄럼을 탈 때도 있구마. 빼지 말고 나한티 쏴 대드키 해 보랑게."

　바우뇌가 이죽거렸다.

　대거리를 하자니 뜰에봄 사부에게 결례가 될까 염려되고, 입을 다물고 있자니 바우뇌가 통쾌해 할 것 같아 속상했다. 궁지로 몰아 놓고 마구 놀리는 바우뇌가 미웠다.

　"쇠, 쇤네는 형님들이 시키는 대로 할라네요. 그것이 제가 할 수 있는 최선이라 생각합니다. 다만, 쇤네는 그저 계속해서 글을 배울 수 있게 되기만을 소원할 뿐이네요."

　뚜깐은 몸 둘 바를 몰라 하며 기어들어가는 목소리로 간신히 말했다.

　"그것일세! 바로 그것이야! 여보게 아우들, 지금 우리가 가져야 할 자세가 바로 이러 해야잖겠는가. 괘서를 붙이든 나라말 번역을 하든 최선을 다해야 할 것이야. 아직 무르익지 않은 학문을 계속할 수 있기를 소원하고, 끊임없이 정진해야 하겠지. 나라님이 황음무도한 짓을 일삼고 실정한다 하여 꾸짖기 이전에 우리 자신을 먼저 돌아보아야 하지 않겠는가. 양반들에

대한 단순한 반발심이나 세상에 대한 복수심으로 젊은 혈기에
못 이겨 괘서를 붙인다면 치기에 지나지 않을 것이네. 그것이
아무리 중요한 일일지언정 의무감으로만 나라말을 번역한다
는 것 또한 어불성설이고. 이 땅에 살았던 사람, 이 땅에 살고
있는 사람, 이 땅을 살아갈 사람을 향한 깊은 애정으로 가슴을
뜨겁게 데우고서, 우리가 지금 해야 할 일이 무엇인지 깊이 고
민해 보도록 하세나. 자, 오늘은 이만하고 바우뫼, 세모돌 아우
님은 내려가 보게. 가져온 나라말 서책은 모두 암자 근처에 잘
숨겨 두도록 하고……."

뜰에봄의 말이 끝나자 바우뫼는 할 말이 남은 듯 입맛을 다
셨지만 세모돌이 옆구리를 질러 밖으로 나가자고 채근했다.

바우뫼와 세모돌은 마을로 내려갔고 뜰에봄과 뚜깐은 남아
서 공부를 시작했다.

둘만 남게 되었을 때, 뚜깐은 암자의 현판 '하늜빈터'를 읽
을 수 있다며 자랑했다. 뜰에봄은 뚜깐을 칭찬해 주고, 이 현판
은 원래 한문으로 되어 있었는데 사부가 이곳에 지나다가 나라
말로 바꾸었다는 말도 해 주었다.

하늜빈터! 하늜빈터!

뚜깐은 입 속으로 몇 번이고 되뇌어 보았다. 초라하기 그지
없는 숲 속의 암자가 '하늜빈터'라는 이름을 갖게 되자 암자는

이제 예사 곳이 아니었다.

하늘 빈터! 되뇌고 되뇔수록 그 이름이 마음에 들었다. 뚜깐은 자기도 이렇게 고운 이름으로 불린다면 얼마나 좋을까 싶었다. 어매가 똥뚜깐에서 낳았다고 아배가 뚜깐이라 부르면서 천하디천한 이름으로 평생을 살아야 하는 자신의 처지가 새삼 서러웠다.

11

뜰에봄

광목으로 조여 묶은 멍든 가슴 멍든 마음
누가 알아보고 품어 줄까 안아 줄까
어매야 아배야 어쩌자고 날 낳았오
어쩌자고 날 만들었오

〈딸년을 땅에 묻고 돌아오다〉
정유년(丁酉年, 1537년) 시월 보름, '해문이슬'

　장마가 지나간 뒤로 뙤약볕이 수분이라는 수분은 다 증발시
킬 듯이 이글거렸다. 암자에 가기 위해 길을 나선 뚜깐은 연방
이마에 맺힌 땀을 훔쳐 내야 했다. 개울을 건널 때 가던 길을
멈추고 개울물에 세수를 했으나 그 때뿐이었다. 산길을 오르는
동안 온몸은 땀으로 젖어 버렸다. 암자에 도착하자 울창한 수
풀 덕에 다소 시원하긴 했으나 한여름 더위를 가시게 하지는
못했다. 어이 된 일인지 이미 도착해 있을 줄 알았던 뜰에봄 사
부의 모습이 보이지 않았다. 아직 도착하지 않은 모양이었다.

뚜깐은 차라리 잘 되었구나 싶었다. 뜰에봄이 도착하기 전에 계곡 물로 땀이라도 식힐 작정이었다.

암자에서 정상으로 조금 더 올라가자 사람들 눈에 띄지 않는 곳에 작은 소가 있었다.

버선을 벗고 대님을 풀어 바지를 걷어 올리고서 물 속에 발을 담갔다. 더위가 가시는 느낌이었다. 그러나 여전히 목과 겨드랑이에선 땀이 줄줄 흘러내리고 있었다. 옷을 벗고 물 속에 몸을 담갔으면 싶었다. 사방을 둘러보았다. 아무도 없었다. 이런 곳에 사람이 있을 리 없었다. 참매미 소리가 우렁찼다.

뚜깐은 바위틈으로 가서 옷을 벗기 시작했다.

그 때였다.

인기척이 들렸다. 다시 주변을 살폈다. 소에서 한 여인이 속곳만 입은 채 목욕을 하고 있었다.

이 시간에 여인네 혼자 소에서 옷을 벗은 채 목욕을 하고 있다니!

하긴 뚜깐도 좀 전에 그럴 생각이었다. 속곳을 말리자면 기다려야 할 것 같아 옷을 모두 벗고 들어갈 참이었다.

시원하게 목욕을 즐기는 여인의 모습을 보자 얼른 물 속에 뛰어들고 싶었다. 하지만 여인이 떠날 때까지 기다려 주기로 했다.

그런데 아무도 없는 게 아니었다. 여인을 훔쳐보고 있는 남정네 셋이 있었다. 뚜깐은 얼른 옷섶을 여미고 너럭바위 뒤로 숨었다.

세 명의 남정네는 근휘와 양배, 그리고 서진 도령이었다. 바위 뒤에 숨어서 여인을 훔쳐보는 그들의 모습은 그럴 수 없이 추했다. 서진 도령이 아니기를 바랐지만 그이는 분명 서진 도령이었다. 민망한 자세로 바위 뒤에 숨어 있는 서진 도령의 꼴은 차마 더 볼 수 없었다.

근휘가 양배에게 귓속말을 속삭이자 양배가 움직이기 시작했다. 양배는 한 쪽에 얌전히 개켜 둔 여인의 옷을 훔쳤다. 비열한 놈들! 역겨웠다.

여인에게 이 상황을 알려 주고 싶었으나 섣불리 나섰다가 깊은 산 중에서 어떤 봉변을 당할지 알 수 없는 노릇이었다. 그렇다고 가만히 있을 수도 없었다. 돌멩이 하나를 던졌다. 그 소리에 놀라 새 한 마리가 하늘로 날아올랐다. 여인은 아랑곳하지 않은 채 수영을 즐겼다. 이번엔 좀더 큰 돌을 던졌다. 소리가 제법 컸다. 그제야 여인이 주변을 살폈다. 뭔가 이상한 낌새를 차렸는지 옷을 둔 곳으로 움직였다. 그러나 이미 여인의 옷은 근휘 일행의 손에 넘어간 뒤였다.

물 밖으로 나온 여인의 백옥처럼 흰 피부가 드러나기 시작했다. 두 손으로 가렸으나 희고 탐스러운 가슴에 이어, 속곳에 비친 잘록한 허리와 엉덩이까지 물 위로 드러났다. 여인은 옷이 사라진 것을 알아챈 뒤 몹시 당황해하며 주변을 두리번거렸다.

여인의 얼굴이 낯익었다.

"이걸 찾는 게요?"

근휘였다. 여인 앞에 불쑥 나타나 옷을 들어 보이며 음흉한 표정으로 정면에서 여인을 응시하며 말을 걸었다.

여인은 기겁해서 다급한 김에 떨기나무 수풀 뒤로 몸을 숨겼다.

"어이 하여 숨는 게요. 사내끼리 뭘 그리 부끄러워하시나. 나오시오. 나와서 이 옷을 가져 가셔야지."

근휘가 이죽거렸다.

근휘의 손에 들려 있는 옷은 분명 사내 것이었다. 근휘는 여인을 향해 망건과 갓을 흔들어 보였다.

갓을 보자 누구의 것인지 단번에 알 수 있었다. 그것은 뜰에봄 사부의 것이었다. 그럴 리가!

여인의 얼굴을 자세히 살폈다. 얼굴은 뜰에봄 사부가 분명하였으나 믿기지 않았다.

"내가 뭐라 했사오이까? 계집 내음이 난다 하지 않았사오이까! 제 말을 믿고 미행하기 잘 했지요?"

양배가 의기양양하게 큰소리를 쳤다.

"점잖은 분들께서 이 무슨 해괴한 짓이오. 옷을 놓고 물러나시오."

뜰에봄이 부탁했다.

"그럼 그렇게 하시오."

근휘는 그렇게 말하고는 옷을 시야가 툭 트인 너럭바위 위에 던져 놓고 그 옆에 섰다.

"이, 이리 던져 주시오! 부탁이오!"

"허허! 이거야 원! 이래라 저래라 초면에 사람을 너무 부려먹소. 허나 갖다 달라니 갖다 줄밖에!"

근휘는 옷을 들고 여인이 있는 곳으로 성큼성큼 다가갔다. 양배는 재미있다는 듯 실실 웃음을 흘리며 그 뒤를 따랐다.

"옷을 가져 왔으니 받으시오."

근휘는 옷을 내밀었다. 여인은 옷을 받아 들기 위해 손을 내밀었다. 그 순간 근휘는 재빨리 옷을 뒤에 서 있던 양배에게 던지고 다른 손으로 여인의 손목을 잡아챘다. 그러나 다음 순간, 근휘는 공중을 돌아 떨기나무 수풀 뒤로 꼬라박혔다. 양배 또한 물 속으로 걷어차였다. 여인은 얼른 옷을 집어 들고 그늘로 사라졌다.

"네 이 년!"

나동그라졌던 근휘가 다리를 다쳤는지 절뚝거리며 여인에게 달려들었다. 여인이 근휘를 피해 너럭바위 쪽으로 나왔다. 경황이 없어 망건과 갓을 쓰지는 못했으나 그것은 분명 뜰에봄 사부였다.

"계집인지 사내인지 정체를 밝혀라!"

근휘가 죄인을 문초하듯 목소리를 높였다.

"계집이든 사내든 그것이 그쪽에게 무슨 상관이오. 고운 말로 할 때 조용히 물러나시오."

뜰에봄이 작지만 준엄하게 타일렀다.

"그리 못하겠다면?"

근휘가 절뚝거리며 다가섰다. 물에 빠졌던 양배도 저쪽에서 다가왔다. 양배는 몽둥이까지 손에 들고 있었다. 서진 도령도 달아날 수 있는 길목을 가로막고 서 있었다.

뜰에봄이 무술을 했다고는 하나 작정을 하고 달려드는 남정네를 힘으로 당해 낼 수는 없을 터였다. 근휘가 방심하고 있다면 허를 찔러 쓰러뜨리고 달아날 수는 있을 테지만 한 번 당한 근휘는 좀처럼 틈을 보이지 않았다. 단도나 표창으로 겨룬다면 근휘는 뜰에봄의 상대가 되지 못할 테지만, 힘만으로 대적한다면 뜰에봄이 역부족이었다.

뚜깐은 더 이상 지켜볼 수 없어 몽둥이를 휘두르며 근휘와 양배를 향해 달려들었다. 혼자 힘으로 부족할 것 같아 뚜깐은 잔꾀를 부려 마치 저쪽에 바우뫼와 세모돌이 있는 것처럼 '바우뫼 형님! 세모돌 형님! 여기요!' 하고 소리쳐 불렀다.

뚜깐의 잔꾀에 속아 넘어간 세 한량은 꽁지가 빠지게 달아났다.

뜰에봄은 경을 치를 뻔한 사람답지 않게 담담하고도 침착했다.

뚜깐은 남자였던 사람이 여자로 변해 버린 조화를 어떻게 받아들여야 할지 알 수 없었다. 뜰에봄이 헝클어진 머리를 손질하고 매무새를 고치는 동안, 이러지도 저러지도 못한 채 뚜깐은 우두커니 서 있었다.

"고마우이! 자네가 아니었으면 경을 치를 뻔했구먼! 이런 일이 있을까 저어하여 남장을 하고 다닌 것인데……. 후후……. 먼저 들어가 있게."

뜰에봄은 별일 아니라는 듯 웃어 보이며 계곡으로 걸어가 물 속에 비친 자신의 모습을 보며 상투를 틀어 올리려 애를 썼다.

뚜깐은 그런 뜰에봄의 뒷모습을 바라보며 망설였다. 못 본 척하고 암자로 돌아가 기다리고 있어야 할지 아니면 도와 주어야 할지 알 수 없었던 것이다.

"도와 드리겠네요."

뚜깐이 다가서며 말했다.

뜰에봄은 아무런 반응도 보이지 않았다. 그저 멍하니 앉아 있을 뿐이었다.

애처로웠다. 무슨 연유인지는 알 수 없으나 남장을 하고 다녀야 했을 그 세월이 기구했으리라는 짐작이 되었다. 뚜깐은 새 각시처럼 얌전히 앉아 있는 뜰에봄의 머리를 정성껏 틀어 올리기 시작했다.

"아녀자로 살아가기가 쉽지 않은 세상이 아니던가."

계곡 물 속에 시선을 빠뜨려 놓은 채 뜰에봄은 묻지도 않은 말을 풀어 놓았다.

"어매는 어느 양반댁 종이었다네. 그 집주인 영감의 아이를 배게 됐는데, 그 때 나이가 열다섯이었다지. 영감이 우리 어매를 무척 예뻐했다는군. 그랬겠지, 곱고 아리따운 여인이었으니. 참으로 고왔네. 참으로 아리따웠어……. 영감이 우리 어매를 꽤나 좋아했던 모양이야. 종을 소실 자리에 앉힌 걸 보면 말일세. 한낱 계집종을 그렇게까지 대접해 주는 양반이 어디 그리 흔하던가. 본인이 그러잖다 해도 주변에서 가만히 놔 두는 세상인가. 그 반대를 무릅쓰고 딴 살림을 차려 준 그 어른도 여간찮은 양반이었던 모양이야. 그렇게 한 삼 년 좋은 시절을 보냈다지. 그 삼 년이 우리 어매 평생에 가장 행복한 시절이었다더군. 주인 영감, 내겐 부친이 되겠지, 그 양반이 날 그렇게 예뻐했다는데, 갓난아기였으니 나야 그랬는지 어쨌는지 알 도리가 없지. 나중에 어매가 얘기해 주니 그랬나 보다 하는 게지. 나야 그 어른이 어떻게 생겼는지 본 적도 없는걸 뭐……."

뜰에봄은 누구에게랄 것도 없이 혼잣말하듯 중얼거렸다. 두서도 없이 횡설수설이었다. 겉으로는 별일 아니라는 듯 행동했으나 적지 않은 충격을 받았던 모양이다.

"허지만 예쁜 꽃에는 벌레가 많이 꼬이고 사람 눈에도 띄기 쉬운 법이라지. 영감의 소실로 들어앉아 평생 호강하고 사나 보다 했더니 웬걸……. 박복한 어매! 차라리 박색으로 태어나실 일이지. 그랬으면 분에 맞는 남자 만나 그럭저럭 한세상 살다 갔을 터인데……. 하긴 그게 또 어디 사람 마음대로 되는 일이던가. 팔자대로 되는 게지. 어매가 기구한 팔자를 타고 나셨던가, 하필 영감의 아들이라는 작자가 눈독을 들였다는군. 다른 사람도 아니고 영감의 아들이 말일세. 박복하달밖에! 영감이 출타만 했다 하면 어매를 찾아와 집적거렸다는군. 게다가 예전부터 어매를 사모하던 젊은 하인까지 찾아와 야반도주하자며 졸랐다니 속 편히 지낼 수가 있었겠나. 나중에야 우리 어매 그 젊은 하인하고 달아나지 않은 걸 두고두고 후회했다지만, 그 때는 영감 소실로 평생 살 줄만 알았지 마가 끼어들 줄이야 꿈에도 몰랐겠지. 하루는 영감이 타지로 출타했는데, 그 날도 영감의 아들이 어매를 찾아와 집적거리더니 아예 칼을 들이대고 겁탈하려 들었다지 뭔가. 발버둥을 쳤지만 장정을 이길 도리야 없었지. 헌데, 일이 잘못되려고 그랬던지 멀리 출타를 간다던 영감이 금세 되돌아온 게야. 한 덩어리가 된 둘을 보게 된 게지. 영감의 아들이라는 작자는 그 위기를 모면할 심산으로 어매가 가만있는 자기를 꼬드겼다고 고했고, 어매는 그렇지 않다고 했지만 영감은 그 말을 믿지 않았지. 어매 말을 인정할 수 없었던 게야. 어매 말이 사실이라면 혀라도 깨물었어야지 한 덩어리가 되어 뒹굴어서야 되겠냐는 게지. 어매를 죽일 작정으로 광에 가둬 놓고 연 사흘 굶겨 가며 매질을 했다는군. 어매를 사모하던 젊은 하인이 아니었다면 맞아 죽었을 게야. 그이가 어매를 달아나게 도와 주었어. 함께 달아나다 붙잡히게 되었는데, 어매는 달아나게 하고, 저는 잡혀, 맞아 죽었다는군."

뜰에봄은 잠시 얘기를 멈추었다가 다시 말을 이었다.

"가는 곳마다 어매는 사내가 따라다녔지. 근본 없는 여인네를 보듬어 줄 사내는 없었던 모양이야. 간이라도 빼 줄 것처럼 달려들다가도 단물만 빨아먹고 달아나 버렸지. 그래서 그랬는가, 남정네라면 아주 지긋지긋해 하셨어. 내게 남장을 시킨 것도 그래서였고……. 내가 아홉 살 되던 해 저 세상으로 뜨셨지. 어매야 남정네들한테 더 이상 시달리지 않아서 좋았겠으나 졸지에 고아가 된 나야 살길이 막막했지. 어느 유난히 추운 겨울날 거리를 떠돌다 다 죽게 되었는데, 한 어른이 구해 주셨지. 그분이 바로 사부님이시라네."

뜰에봄의 얘기를 듣는 동안, 뚜깐은 참으로 기구한 인생도 다 있구나 싶어 눈물을 참느라 애를 먹어야 했다. 뜰에봄의 모친 되는 분의 삶에 비하면, 지금 자신이 처한 고통은 아무것도 아니구나 싶었다. 그러나 처녀 주제에 아이를 밴 자신의 처지를 생각하면, 가슴이 답답하고 만사가 다 암담하기만 했다.

"비밀을 얘기하고 나니 속이 다 후련하이. 머리에 이고 다니던 돌덩이를 내려놓은 기분일세. 들어줘서 고마우이."

그렇게 말하며 방긋 웃는 뜰에봄이 정겨웠다. 뚜깐은 대답 대신 뜰에봄을 따라 웃음을 지어 보였다. 고마운 건 오히려 뚜깐이었다. 속말을 털어놓은 것은 그만큼 뚜깐을 믿는다는 의미였을 테니까.

"다 되었네요."

뚜깐은 상투가 풀어지지 않도록 동곳을 꽂은 뒤, 망건을 씌

우며 말했다.

뜰에봄은 계곡물에 자신의 모습을 비추어 보고는 만족스러운 듯 뚜깐을 향해 다시 한 번 웃어 보였다.

"고마우이!"

"아니어요."

"손 맵시가 여간찮은걸. 이담에 시집가면 신랑한테 예쁨 받겠어."

뚜깐은 그 말에 활짝 웃었다.

그랬다. 예쁨 받고 싶었다. 서진의 상투를 틀어 주고, 잘했다 소리 듣고 싶었다. 그럴 수만 있다면 얼마나 좋을까. 그이의 상투를 한 번이라도 틀어 줄 수 있다면 얼마나 좋을까. 허나 그런 일은 결코 일어나지 않을 것이다.

거기까지 생각이 미치자 뚜깐의 낯에는 웃음 대신, 금세 그늘이 드리워졌다. 민망한 모습으로 바위 뒤에 숨어 있던 서진의 모습이 떠올라 입맛이 썼다. 처녀를 주어도 아깝지 않다고 생각했는데, 아이를 가져도 좋겠다고 생각했는데, 지금은 그자가 역겨울 뿐이었다.

아까 먹은 산딸기의 풋내가 목구멍으로 올라왔다. 헛구역질이 났다. 계곡 물에 세수를 하던 뜰에봄이 어이 그러냐며 등을 두드려 주었다. 시원하게 토하면 좀 낫겠는데, 헛구역질만 나올 뿐 게워지지는 않았다.

　등을 쓸어 주는 뜰에봄의 손길이 따스했다. 그 손길이 따스
해 하마터면 서진의 아이를 뱄다고 고백할 뻔했다.

12

모로 누운 부도(浮屠)

곡비(哭婢)* 되어 떠돌다가 고향으로 돌아오니
어매는 간 데 없고 아배는 짚세기 도둑
서러워 찾은 부도 돌이끼가 말라 있네
하염없이 눈물 흘러 이끼 꽃이 만발하네

〈고향 땅 모로 누운 부도를 찾아가다〉
임인년(壬寅年, 1542년) 구월 스무이레, '해문이슬'

한적한 오솔길을 뜰에봄이 앞서 걷고 뚜깐이 그 뒤를 따랐
다.

"여기 좀 쉬었다 갈까."

앞서 걷던 뜰에봄이 길섶에 앉으며 말했다. 뚜깐은 걸음을
멈추고 숲 쪽을 향해 쪼그려 앉았다.

뚜깐은 후회하고 있었다. 누구의 아이라고 밝히지는 않았지
만 임신한 사실을 엉엉 울며 실토하고 말았던 것이다.

---

* 장례 때 말을 타고 행렬의 앞을 가며 곡을 하던 계집종.

뜰에봄은 산을 내려가기 전에, 뚜깐에게 무어라 위로를 해야 할지, 어이 하면 도울 수 있을지 궁리하는 중이었다. 그리고 물어 보고 싶었다. 어이 하다 그리 되었는지, 아이의 아비 되는 사람은 수태한 사실을 아는지……. 그러나 아무것도 물어 볼 수 없었다.

하다못해 그간 혼자서 얼마나 속앓이를 했느냐는 위로의 말이라도 해야겠다 싶어 뚜깐 쪽으로 고개를 돌렸다. 헌데, 좀 전까지 앉아 있던 뚜깐이 보이지 않았다. 놀라 일어나 보니, 샛길을 따라 숲 속으로 걸어 들어가는 뚜깐의 모습이 보였다. 소피라도 볼 모양인가 해서 내버려 두었으나 그 태도가 예사롭지 않았다. 마치 무언가에 홀린 듯했다.

"어딜 가는 겐가?"

뜰에봄이 불렀으나 듣지 못했는지 뚜깐은 계속해서 숲 속으로 걸어 들어갔다. 뜰에봄은 자리를 털고 일어나 그 뒤를 좇았다. 샛길을 따라 들어가자 예상치 못했던 폐사지가 나타났다. 뚜깐은 옛 절터 한쪽에 우두커니 서 있었다.

"예서 무얼 하는가?"

그 옆으로 다가가며 뜰에봄이 물었다. 뚜깐은 발치의 무언가를 내려다보며 우뚝 서 있을 뿐이었다. 발치에는 어른 몸치만 한 항아리 모양의 바위가 모로 누워 있었다.

"……세워 주려네요."

발치의 바위를 바라보며 뚜깐이 말했다.

며칠 전, 길을 잘못 들었다가 발견한 곳이었다. 모로 누워 있는 바위를 처음 보았을 때, 임신한 여인인 줄 알고 기겁을 했었다. 배가 불룩한 바위라는 걸 알게 되었지만 웬일인지 임신부라는 인상을 지울 수가 없었다. 임신한 여인이 이곳에서 혼자 아이를 낳다가 죽어 돌이 된 것만 같았다.

지난밤에 바위가 저를 세워 달라고 부탁하는 꿈을 꾸었다. 꿈 속에서는 부도의 부탁을 들어주었던가 말았던가.

바위는 온몸에 마른 이끼가 버짐처럼 말라붙어 있는 부도였다. 오랜 세월 풍상을 겪은 듯 마모가 심했으나 부도임은 분명했다. 모로 쓰러져 있는 부도 옆에는 그 기단석으로 보이는 평평한 돌이 땅 속에 박혀 있었다.

"부도로세. 이름 난 중이 죽으면 이 속에 유골을 안치한다지 아마. 그리고 보니 아주 오랜 옛날에는 이곳이 절터가 아니었나 싶으이."

무성하게 자란 잡풀들 사이로 절 집의 주춧돌로 보이는 돌들이 일정한 간격으로 흩어져 있었다.

뜰에봄은 폐사지를 바라보며 한때는 수도 정진하던 비구나 비구니가 기거했을 절 집을 상상해 보았다. 고만고만한 소원

성취를 빌며 이곳을 드나들었을 아낙네들의 뒷모습이 보이는 듯했다. 바람 한 톨 불지 않건만 문득 제 자신을 흔들어 깨우는 풍경 소리가 아득하게 들려오는 듯도 했다.

뜰에봄과 달리 뚜깐은 폐사지에는 관심이 없었고, 오직 모로 누운 부도에만 애착을 보였다. 한참을 그렇게 바라만 보던 뚜깐이 부도 한쪽을 잡고 들어올리기 시작했다. 부도는 꼼짝도 하지 않았다.

장정 네댓 명이 달라붙어도 세우기 힘든 돌을 들겠다고 애쓰는 뚜깐을 뜰에봄은 안쓰러운 듯 바라보았다. 부질없는 짓이니 그만두라고, 공연한 짓 하지 말라고 차마 말할 수 없었다.

서녘으로 넘어가기 직전의 해가 뚜깐을 비스듬히 비추었다. 눈물인지 땀인지 알 수 없는 물방울이 아래로 떨어졌다. 물방울은 부도 온몸에 다닥다닥 말라붙어 있는 돌이끼 위에 떨어졌다. 진회색 얼룩으로 바짝 말라붙어 있던 이끼 꽃이 금세 연록 빛을 머금으며 생기를 발했다.

뚜깐의 모습을 지켜보던 뜰에봄은 곁으로 다가가 부도를 드는데 힘을 보탰다. 두 사람의 얼굴에서 떨어진 땀방울을 머금은 연록 빛의 이끼 꽃이 만발했다. 그러나 부도는 여전히 꼼짝하지 않았다.

뜰에봄이 뚜깐의 어깨를 부여잡았다. 이제 그만 하라는 뜻이었다. 그제야 뚜깐은 부도를 잡은 손에 힘을 풀었다.

뜰에봄은 뚜깐의 어깨와 등을 쓸어 주며 하늘과 맞닿아 있는 산 능선을 향해 시선을 옮겼다. 무슨 말이라도 해 주어야겠는데, 아무 말도 할 수 없었다. 입을 열면 울음이 터져 나올 것 같았다. 뚜깐의 설움도 설움이지만 뜰에봄 자신이 그간 겪었던 설움과 어매에 대한 그리움이 북받쳤다.

어느새 날이 저물고 있었다. 모로 누워 있는 부도 위로 석양빛이 소복이 쌓여 있었다. 뜰에봄과 뚜깐은 이끼 꽃이 만발한 부도를 뒤로 하고 오솔길을 서둘러 내려갔다. 어둠이 빠르게 몰려오고 있었다. 요즘처럼 민심이 흉흉할 때 날이 저물면 무슨 봉변을 당할지 알 수 없는 노릇이었다.

나라말 투서와 괘서 사건의 범인을 잡기 위해 흥인지문, 돈의문, 숭례문, 숙정문, 혜화문, 광희문, 소의문, 창의문 등 장안을 둘러싼 팔대문을 모두 폐쇄하라는 어명이 내려진 지 벌써 달포가 지나고 있었다. 팔대문을 폐쇄하는 바람에 성 안팎 왕래가 막혀 버려, 성 안 사람들은 밖에서 쌀과 나무를 구할 수 없어 애를 먹었고, 성 안에 들어가 물건을 팔아야 생계를 유지하는 성 밖 사람들도 곤궁한 상태에 빠지게 되었다. 성 안 도처에 굶어 죽는 사람이 생겨났으며 밤만 되면 도둑과 강도떼가 출몰하여 물건을 강탈하고 사람을 예사로 죽였다. 이런 지경이니 날이 저물면 거리는 인적이 뚝 끊어져 황량하기 이를 데 없었다.

뜰에봄과 뚜깐은 산에서 지체한 시간을 만회하려 서둘렀다. 서두르느라 서둘렀건만, 마을에 당도했을 때에는 이미 날이 저물어 인적이 끊긴 상태였다. 뜰에봄은 뚜깐을 집에 바래다 주고 최 역관 댁으로 향했다. 다행히 집에 당도할 때까지 강도와 맞닥뜨리지는 않았으나 몹시 긴장한 탓인지 피로가 엄습해 왔다.

"피를 말려 쥑일 작정이오. 워쩌자고 인자사 나타나씨오."

마침 뜰에봄을 찾아 세모돌과 함께 나서던 바우뫼가 뜰에봄을 발견하고는 다가와 핀잔을 주었다.

"남정네들도 날 저물면 봉뱁 당할까비 마실을 삼가는디, 성님은 무신 배짱이씨오. 시상 무서분 줄 쬠 알고 다니씨오."

"미안하이! 일이 그렇게 되었네! 별일은 없고?"

"사부님이 쓰러지싰십더."

"연세를 자셨으면 쬥하니 집 안에 계실 것이지, 당신이 시방 이팔청춘인 줄 아시는 모앵이여. 잠시를 가만 계시딜 않고 댕기시덩마 기예 몸살이 찾아든겨."

"많이 편찮으신 건 아니고?"

뜰에봄이 놀라 물었다.

"그렇당게 그라요. 그 노인이 워떤 노인이오. 아즉 장정 여럿 몫은 하는 분이잖소."

188

"모리는 소리 말거라. 요 며칠 새 영 노인이 되뿌렀는 기라. 총기도 예전만 같지 못하시고……."

"뭣여! 사부님 총기가 워쩌구 저쩌? 요놈시끼 다시 한 번 고 놈 쥐댕이로 씨부려 보아. 아조 뭉개 줄 팅게."

바우뫼가 흥분해서 세모돌의 멱살을 쥐어틀고 윽박질렀다.

"그 노인이 워떤 노인인 중 몰라서 하는 소리여. 안죽 이십 년은 족히 더 사시고도 남을 노인이여. 이십 년이 뭐여 한 삼십 년은 살 것이오. 암마! 잉!"

바우뫼는 세모돌의 멱살을 놓아 주며 주절거렸다.

바우뫼는 사부에게 지팡이 매질을 당할 때는 저 노인네 얼른 안 죽나 고대한 적도 있었으나 막상 쓰러지자 저러다 돌아가시면 어쩌나 싶어 정신을 차리지 못했다. 지주댁 양반의 횡포에 격분해 대들었다가 그 벌로 며칠을 굶어야 했을 때, 이렇게 사느니 차라리 비렁뱅이가 되어 떠돌며 살자 하고 집을 뛰쳐나왔다가 사부를 만나 그를 따르기 시작한 지 어느덧 10여 년이 넘어서고 있었다. 잘 해야 도적이나 되었을 텐데, 사부를 만난 덕에 사람 구실을 하고 살게 되었음을 바우뫼는 잘 알고 있었다. 사부는 개나 먹을 차반만도 못한 자신을 인간으로 만들기 위해 무던히도 애를 쓰지 않았던가. 그 은혜를 어찌 말로 다 할 수 있으며 어떻게 다 갚는단 말인가. 은혜를 갚기는커녕 감사하다는 말씀 한 번 드린 적이 없었다. 바우뫼는 이대로 사부가 일어나지 못하리라고는 생각할 수 없었다. 곧 훌훌 털고 일어나 지팡이 알밤을 때려 주시리라 굳게 믿었다.

그렇기는 세모돌도 마찬가지였다. 그러나 좀처럼 자리 보존을 하지 않던 분이 쓰러지자 놀라지 않을 수 없었다.

사부에 대한 은덕을 입기는 세모돌도 바우뫼 못지않았다. 달구벌에서 아랫녘장수였던 어매에게 태어나 대여섯에 어매를 잃고 오입판에서 잔심부름을 하거나 여자를 소개시켜 주는 조방꾸니 짓을 할 적에 길가는 사부를 호객하다 그 인연으로 따라나선 지도 어언 십수 년이 되었다. 만약 그 때 사부를 만나지 않았더라면 상갓집 개처럼 여태 그 근처를 배회하고 있지 않았을까. 세모돌은 그 일만 생각하면 사부를 만나게 해 준 하늘님과 땅님께 감사 드렸다.

뜰에봄은 사부가 쓰러졌다는 말을 듣는 순간 무릎에 힘이 탁 풀려 하마터면 아래로 풀썩 주저앉을 뻔했다. 엊그제만 해도 그리 정정하던 분이 아니던가.

뜰에봄은 서둘러 사부가 누워 계신 사랑으로 달려갔다. 다행히 염려했던 것보다는 정정했다. 낯빛이 어둡고 전보다 핼쑥해지긴 했으나 총기는 멀쩡했다.

"어인 일이오니까, 사부님! 자리 보존을 다 하시고……."

뜰에봄이 문안 삼아 고했다.

사부는 대답 대신, 바깥 사정을 물었다.

"바깥일은 어이 돌아가는고?"

나라말 폐지 어명에 대해 묻는 말일 터였다.

"고온지(高溫知), 개금(介今), 조방(曹方), 덕금(德今) 등의 대궐 여의(大闕 女醫)들이 한자리에 모여 앉아 상감마마를 비방했다는 이유로 참형을 당했다 하옵고, 의금부는 범인을 색출하기 위해 총동원되었으며 나라말을 아는 사람을 모조리 잡아다 필적을 조사하는가 하면 범인을 잡아오는 자에게는 베(布) 오백 필을 준다고 현상까지 내걸었다 하여이다. 기훼제서율(棄毁制書律)이라는 새로운 법령을 제정하여 나라말을 쓰는 자는 이유를 막론하고 엄벌에 처한다 하옵고, '구시화지문 설시참신도 폐구심장설 안심처처뢰(□是禍之門 舌是斬身刀 閉口深藏舌 安心處處牢 : 입은 곧 재앙의 문이요, 혀는 곧 몸을 자르는 칼이다. 입을 닫고 혀를 깊이 감추면 처신하는 곳마다 몸이 편하다.)'라는 글귀가 새겨진 신언패(愼言牌)를 목에 걸고 다니게 하는 황당한 제도도 마련했다 하옵니다."

뜰에봄이 상세하게 아뢰었다.

"그뿐이간디요. 나라말 투서 사건의 주모자를 찾는답시고 장안 여덟 대문을 꽁꽁 닫아 뿌리서 성 안이선 굶어 죽는 사람도 생겼다 하덩마요."

바우뫼가 거들었다.

"나라말 서책을 갖고 있다가 목심을 빼앗기는 인사도 수두룩하다 캅니더."

세모돌이 합세했다.

"그만! 그만…… 알았느니!"

사부는 손사래를 치며 도로 자리에 누웠다.

"쉬고 싶으니 그만 나가들 보아."

세 제자들은 서로의 시선을 나누며 잠시 어찌할지 몰라 주저하고 있었다. 아차 싶었던 것이다. 사부가 몸져누운 원인이 다른 데 있었던 것이 아니라 바로 나라말 사용을 금하라는 어명 때문이라는 걸 뒤늦게 깨달았던 것이다.

이튿날이 밝아 왔다.

뚜깐은 글공부를 당분간 연기하기로 하고 집에 머물러 있었다. 정오가 되었을 즈음이었다. 해가 바로 머리 위에서 이글거렸다. 사람의 그림자는 형편없는 몰골로 졸아든 채 해를 피해 발치에 숨어 있었다.

뚜깐이 물을 길으러 우물에 간 사이, 장정들을 앞세운 근휘와 양배가 주막집 사립문을 박차고 들이닥쳤다. 장정들은 근휘가 돈을 주고 매수한 작자들이었다.

"뚜깐이 네 이 년! 어딨느냐! 당장 나오지 못할까!"

근휘가 주막집이 떠나갈 듯 호령했다.

"에그머니나!"

뚜깐네가 갑자기 들이닥친 근휘 일행을 보고 놀라 들고 있던 물독을 떨어뜨리는 바람에 산산조각이 나 버렸다.

"딸년을 내놓아라!"

근휘가 호통을 쳤다.

"딸년이 어딨냐고 나으리께서 묻지 않느냐."

양배가 거들고 나섰다.

"어여 대지 못할까!"

양배는 제 분에 겨워 절굿공이를 집어 들더니 마구 휘둘러대며 세간들을 마구 부수기 시작했다. 미리 언질이 있었던 듯 그를 따르던 장정들도 합세했다.

"에이 퉤! 댁들이 양반의 자식이면 자식이지 어인 행패요?"

뚜깐네가 근휘에게 달려들며 발악했다. 양배가 이를 보고 달려와 뚜깐네의 옆구리를 걸어찼다.

"국법을 어긴 죄인을 잡으러 왔지 행패를 부리러 온 것이 아님을 똑똑히 알라! 얘들아, 집 안을 샅샅이 뒤져라!"

근휘가 국법을 들먹이며 겁을 주었다.

"국법을 어기다니 누가 국법을 어겼다고 이러오!"

뚜깐네가 지지 않고 대들었다.

"네 딸년이지 누구야. 네 딸년은 다른 일도 아니고 주상 전하의 명을 어겼느니라, 어명을 어겼어!"

양배가 공갈을 쳤다.

마침 뚜깐이 물지게를 지고 사립문을 들어섰다.

"옳거니! 이제야 나타나는구나."

장정들이 사립문을 가로막고 양배가 뚜깐을 마당 한가운데로 떼밀었다.

"무슨 일이어요?"

뚜깐은 물지게를 내려놓으며 물었다.

"네 죄를 네가 모르지 않을 터인데……."

근휘가 뚜깐에게 다가서며 이죽거렸다.

"쇤네는 잘못한 일이 없사오니다."

뚜깐은 근휘의 눈을 똑바로 응시하며 대꾸했다.

"잘못한 일이 없다? 허허 이거야……. 허면 내 조목조목 알려 줄 터인즉, 잘 들거라. 첫째, 나라말을 사용하고, 나라말 서책을 은닉하고, 나라말 괘서를 난발하는 등 어명을 거역한 죄! 둘째, 상전을 모욕하고 상전의 말을 거역한 죄! 이래도 죄가 없단 말이냐? 뭣들 하는 게냐! 이 년을 당장 포박하여라!"

말이 떨어지기가 무섭게 장정들이 달려들어 뚜깐을 포박해 근휘 앞에 무릎을 꿇렸다.

"아이고, 나으리! 살려 주시오! 저 년이 철이 없어서 그런 것이니 한 번만 용서해 주시오."

뚜깐네가 근휘 앞에 꿇어 엎드려 빌기 시작했다.

"자네 딸이 진심으로 사죄를 구한다면 못할 것도 없지."

근휘가 손에 들고 있던 몽둥이로 뚜깐의 턱을 치켜들며 말했다.

"이 년아, 얼른 죽을죄를 졌다고 말씀 디려!"

뚜깐네가 딸을 재촉했다.

"어명을 어긴 적도, 나으리께 잘못한 일도 없사온데, 무엇을 사죄하란 말이오."

뚜깐은 조금도 굽히지 않고 당당히 맞섰다.

"발칙한 년이로고! 아니 되겠다, 내 직접 추국하리라."

근휘가 양배와 장정들에게 눈짓을 했다. 그것도 이미 약속이 되어 있었던 듯, 장정들은 일사분란하게 움직이기 시작했다. 일부는 뚜깐네를 막아서고, 일부는 뚜깐을 광으로 데려갔다. 장정들은 뚜깐을 포박해 광 속에 밀쳐 넣은 뒤 물러났고, 근휘와 양배가 들어왔다. 근휘가 뚜깐의 목에 단검을 들이댔다.

"이래도 사죄하지 않을 텐가?"

근휘가 뚜깐을 위협했다.

뚜깐은 근휘를 노려보았다.

"이것 보게! 이것 보아! 날 노려보고 있으이! 계집이 아주 당차고 귀엽지 아니한가. 이러니 내 어찌 이 계집을 탐하지 않으리오. 어디, 서진에게 주었으니 나에게도 주지 않으련가?"

근휘가 얼굴을 가까이 들이대고 단내를 풍기며 음흉하게 말했다.

근휘의 마지막 말을 듣는 순간, 뚜깐은 껍질만 남긴 채 속이 다 아래로 쑥 빠져 달아나는 기분이었다. 허탈하고 허망하고 서글펐다. 서진이라는 자가 얼마나 졸렬하고 경망한 작자인지 비로소 깨닫는 순간이었다.

"개자식!"

뚜깐은 이빨을 앙다문 채 욕지기를 내뱉었다. 서진과 근휘 두 사람 모두에게 해 주고 싶은 욕지기였다.

근휘의 손찌검이 날아왔다. 모로 쓰러졌다. 양배의 주먹질이 가세했다. 아팠다. 이대로 죽을지도 모르겠다는 공포가 밀려왔다. 문득 일으켜 주려다 실패한 부도가 떠올랐다. 뚜깐은 자신도 모로 쓰러진 채 죽어 바위 덩어리가 되는 건 아닌지 두려웠다. 다른 한편으론, 이대로 죽으면 좋겠단 생각도 들었다. 죽어서 원혼이 되어 평생 동안 서진을 따라다니며 해코지하고 싶었다.

주먹질과 발길질이 멈추더니 누군가 저고리와 치마를 다짜고짜 찢어발기기 시작했다. 손발이 모두 결박된 처지라 뚜깐은 저항할 수 없었다. 근휘가 음흉한 웃음을 흘리며 뚜깐에게 다가섰다. 뒤에 서 있는 양배는 침을 삼키며 기대에 찬 눈길로 바라보았다.

그 때였다. 문이 벌컥 열리며 낫을 든 뚜깐네가 뛰어들었다. 문 옆에 서 있던 양배는 그 서슬에 놀라 한쪽으로 피했고, 뚜깐네는 근휘의 등을 향해 낫을 꽂았다.

그러나 낫은 근휘의 어깨를 살짝 베었을 뿐이고, 근휘는 손에 들고 있던 단검으로 뚜깐네를 찔렀다. 바닥은 금세 뚜깐네가 흘린 피로 내를 이루었다. 뚜깐은 외마디 비명을 지르며 발악했다. 근휘는 엉겁결에 사람을 찔러 놓고 어이 해야 할지 몰라 우두커니 서 있었다. 바로 그 때, 마당에서 싸우는 소리가 들려 왔다.

근휘는 단검을 내팽개치고 밖으로 나갔다. 양배는 쓰러져 있는 뚜깐네를 보고 새파랗게 질려 부들부들 떨고만 있었다. 밖으로 나갔던 근휘가 도로 광으로 뛰어 들어와 문을 닫아걸었다. 그러나 억센 힘이 문을 벌컥 열어젖혔다. 바우뫼였다. 득달같이 달려든 바우뫼는 근휘와 양배를 단숨에 제압해 광 구석에 처박았다. 그 사이 뜰에봄이 뚜깐의 결박을 풀어 주었다.

"어매! 어매에!"

뚜깐은 쓰러져 있는 어매에게 달려들어 통곡했다. 바우뫼는 뚜깐을 결박했던 포승줄로 근휘와 양배를 묶었다. 그러고는 뚜깐네를 번쩍 들어 마루로 옮겼다. 뚜깐은 어매의 주검에서 떨어지려 하지 않았다.

바우뫼는 왕겨를 벗겨 내는 데 쓰이는 아름드리 통나무 매통 위짝을 뽑아 들었다. 당장이라도 집어던질 기세였다.

"사, 사, 살려 주십시오"

양배가 무릎을 꿇고 조아리며 빌었다.

"모, 목숨만……."

근휘도 뒤로 물러나며 손사래를 쳤다.

바우뫼는 매통을 구석에 집어 던졌다.

"아이쿠머니나!"

양배는 그예 오줌을 싸 버렸고, 근휘 또한 머리를 감싸 쥐고 바닥에 납죽 엎드려 바들바들 떨기 시작했다.

"둘 중에서 한나는 죽이고 가야 쓰겠다. 워떤 놈이 죽을라는지 자청해라."

바우뫼의 말에 양배가 우는 소리로 고했다.

"소, 소인은 아무런 죄가 없사옵니다요. 그저 저 자가 시키는 대로 했을 따름입니다요. 죽어야 할 자는 바로 저 자이오이다. 모든 일은 저 자가 계획한 일이오니다. 소인은 아무런 죄가 없사오니다. 살려 주시오. 제발 목숨만은……."

"더러운 놈!"

양배의 말에 근휘는 심한 배신감을 느끼는지 이를 갈았다.

"니 놈이 죽겠느냐?"

바우뫼가 근휘를 향해 물었다.

"모든 일은 저 자가 충동질해서……."

근휘가 변명을 늘어놓았다.

"시끄럽다!"

바우뫼가 호통을 쳤다.

"이놈을 줏어서 광을 먼저 나오는 놈을 살려 줄 팅게 그리 알아라."

바우뫼는 단검으로 근휘와 양배를 묶었던 포승줄을 끊어 준 뒤 둘 사이에 던졌다.

근휘와 양배는 단검을 먼저 줍기 위해 몸을 던졌다. 양배가 먼저 잡았으나 근휘가 낚아챘다. 그러자 양배는 근휘의 코를 있는 힘껏 가격했고 근휘는 들고 있던 단검을 떨어뜨렸다. 떨어진 단검을 양배가 주워 들자 근휘가 몽둥이로 양배의 등을 후려쳤고, 양배도 이에 질세라 단검을 휘둘렀다. 이쯤해서 바우뫼는 밖으로 나와 광 문을 밖에서 잠가 버렸다. 광 안에서는 치고받는 소리가 계속되었다.

뚜깐은 여태 어매의 주검을 부여잡고 통곡하고 있었다.

"이를 워쩐다요. 병졸들이 곧 들이닥칠 것인디 이라고 있다가 잽힐 거구만이라. 성님이 쬠 달래 보소. 뚜깐 아우도 여그 남았다가 성하지 못할 것인디 델고 가야 쓰지 않겠어라."

바우뫼는 뜰에봄에게 다가가 작은 소리로 말했다.

"낸들 그걸 모르나. 허나 모친을 두고 떠나잘 수도 없는 일이고……."

뜰에봄은 이럴 수도 없고 저럴 수도 없어 난감했다.

뜰에봄 일행은 군졸들에게 쫓기는 신세였다. 뜰에봄 일행이 나라말 서책을 다량 보유하고 있으며 괘서를 유포한다는 사실을 누군가 관아에 밀고했던 것이다. 최 역관이 그 소식을 알려주며 어서 피할 것을 권했다.

세모돌은 사부를 모시고 암자로 먼저 달아났고, 뜰에봄과 바우뫼는 주막으로 향했다. 뚜깐도 괘서를 유포한 일당으로 지목되었음을 최 역관이 알려 주었고, 이 사실을 뚜깐에게 알리고 피신시키려 달려왔던 것이다.

그런데 주막에 도착해 보니 어이없게도 살인 사건이 벌어지고 있었다. 생각할 겨를도 없이 위기에 처한 뚜깐을 구하고 근휘와 양배를 광 속에 가두긴 했으나 더 지체할 시간이 없었다. 군졸들이 언제 들이닥칠지 몰랐다.

그 때, 노름방에 가 있던 뚜깐 아배가 숨이 턱에 닿도록 헉헉 대며 마당으로 뛰어 들어왔다. 군졸들이 뚜깐을 체포하려 한다 는 말을 듣고 달려온 것이다.

"아이구 큰일 났네, 큰일 났어. 빌어먹을 뚜깐이 년 어디 갔 냐?"

마당으로 뛰어든 김 서방은 피를 흘리며 쓰러져 있는 처를 발견하고 제자리에 뚝 멈춰 서서 움직이지 않았다.

"이게 대체 뭔 일이요? 하이고!"

김 서방은 후들거리는 다리를 간신히 버티고 서 있었다. 잠 시 그렇게 멍하니 서 있더니 문득 정신이 났는지 뚜깐을 떼어 놓기 시작했다.

"시방 여기서 이러고 있을 때가 아니다. 언능 달아나, 이 년 아!"

김 서방이 재촉했다.

뚜깐은 아배의 말 따윈 안중에도 없었다. 어매의 주검을 부 여안고 통곡을 멈추지 않았다. 떼어 내려는 아배의 팔을 뿌리 쳤다. 이게 다 아배 때문에 생긴 일처럼 여겨졌다. 아배가 미웠 다. 어매의 주검에 손도 못 대게 하고 싶었다.

"이러고 있다간 죽어, 이것아! 군졸들이 널 잡으러 이쪽으로 오고 있단 말여."

김 서방이 뚜깐의 어깨를 잡고 늘어지며 고래고래 고함을 질렀다.

도저히 안 되겠는지 김 서방은 바우뫼에게 도움을 청했다.

"내 딸년 좀 살려 주소. 저것을 데꼬 멀리멀리 가 부소. 요로케 비요."

김 서방이 두 손을 합장하며 간곡히 부탁했다.

바우뫼는 더 이상 두고 볼 수 없어, 뚜깐을 어깨에 들쳐 멨다. 뚜깐이 버둥거렸지만 소용없었다.

"못된 것아! 멀리 가 부러라. 다신 얼씬도 하지 말어. 망할 것아!"

김 서방은 뚜깐을 향해 마치 잡귀신이라도 쫓듯이 욕지기를 퍼부었다. 그 목소리가 젖어 있었다.

뜰에봄은 뚜깐 아배에게 목례한 뒤 바우뫼를 따르기 위해 걸음을 떼었다.

"잠깐만 기다리쇼."

김 서방이 부엌으로 달려들어갔다 나오더니 흙이 묻은 작고 보잘 것 없어 보이는 보퉁이 하나를 뜰에봄에게 내밀었다.

"뚜깐이 시집갈 때 쓰겠다고 집사람이 모아 둔 돈이오. 요

긴하게 쓰라 하소."

예의 보퉁이는 일전에 김 서방이 제 처에게 무쇠 솥을 던지기까지 하며 뺏으려 했던 바로 그 물건이었다. 얼만 전에 보퉁이를 숨겨 둔 장소를 알게 되어 노름 밑천으로 쓰려고 벼르던 참이었다.

뜰에봄은 보퉁이를 받아들고 서둘러 바우뫼를 뒤쫓았다.

"가거라! 느 어매는 양지녘에 고이 묻어 줄 테니 아무 염려 말고 멀리멀리 가거라."

일행이 사라지고 난 뒤 김 서방은 댓돌에 앉아 넋을 놓으며 중얼거렸다.

그들이 떠난 뒤, 김 서방은 문득 생각난 듯, 아내의 주검을 바라보더니 그 곁으로 다가가 아내의 흐트러진 옷매무새를 매만져 주고, 맨발을 어루만졌다.

"발이 어째 이리 차! 신을 어따 내던졌어 이 사람아!"

김 서방은 아내의 짚세기를 찾아 두리번거리기 시작했다. 마당에서 한 짝을 찾아 주워들었다. 손으로 먼지를 닦아 낸 후 아내의 발에 신겨 주었다. 그러고는 다시 한 짝을 찾기 시작했다. 그러나 찾을 수 없었다.

"이누메 짚세기가 어디루 갔누! 이누메 짚세기……"

신을 찾아 헤매는 그의 눈빛이 공허했다.

군졸들이 들이닥쳤다. 뚜깐의 행방에 대해 물었으나 김 서방은 공허한 눈빛으로 아내의 다른 쪽 짚세기만 찾고 있었다.

군졸들은 광에서 나는 신음 소리를 들었다. 문을 열어 보니 피로 범벅이 된 근휘와 양배를 발견할 수 있었다. 두 사람 다 치명적인 상처를 입고 있었다.

13

해문이슬

오늘은 모친 기일이자
새 이름을 얻은 날

풀잎 끝에 맺힌 이슬
해를 물고 오열하네

〈날씨 참 좋다〉
정유년(丁酉年, 1537년) 모친 기일, '해문이슬'

산길로 접어들었을 때, 바우뫼는 뚜깐의 반항을 견디다 못
해 어깨에서 내려놓고 상황을 설명해 주었다. 그러나 뚜깐은
한사코 어매에게 가겠다고 고집을 부렸다.

"아우님이 집으로 돌아간다고 모친이 살아나는 것도 아니
지 않은가. 지금 돌아가면 공연한 고초만 겪을 뿐이야."

뜰에봄이 설득했다.

"제 손으로 묻어 드리기라도 할라네요."

뚜깐은 여전히 고집을 꺾지 않았다.

"묻어 드려? 돌아가자마자 포박돼서 관가에 끌려갈 텐디 워쩌케? 모친 모시고 저승에 나란히 입성하는 게 소원인감? 아뇨, 모친께서 좋아하시겠다."

바우뫼가 퉁을 주었다.

"모친께서도 아우님이 멀리 도망가 주길 바라실 걸세. 관아에 끌려가 고초를 겪는 걸 원하는 부모가 어디 있겠나? 자네는 아무런 죄도 짓지 않았으니 관아에 나아가 사실대로 말하면 곧 풀려날 거라고 생각할지 모르겠으나 그 말을 믿어 주지 않을 걸세. 이렇게 되고 보니, 아우님에게 미안한 마음뿐이네. 애초에 만나지 말았으면 이런 일도 없을 게 아닌가. 허지만 정 자네가 돌아가겠다면, 나도 자네를 따라가겠네."

뜰에봄은 먼 데 산으로 시선을 옮긴 채 말문을 닫았다.

그제야 뚜깐의 반항도 잦아들었다. 대신 땅바닥에 퍼질러 앉아 서럽게 울기 시작했다. 뜰에봄과 바우뫼는 옆에서 가만히 기다려 주었다. 곡을 하던 뚜깐이 그예 혼절을 하고 허물어졌다.

바우뫼는 다시 뚜깐을 들쳐 메고 산을 올랐다.

서낭당에는 사부와 세모돌이 먼저 와서 기다리고 있었다. 사부는 병색이 완연했다. 합세한 다섯 사람은 암자로 향했다.

암자에 도착했을 때, 뚜깐이 깨어났다. 뜰에봄은 뚜깐에게 사부를 모시고 있으라 명한 뒤 바우뫼와 세모돌을 데리고 도로 산을 내려갔다. 뚜깐을 데리러 주막으로 가기 전에 그 동안 최역관 댁에서 필사하고 언해했던 서책들을 다급하게 숨겨 둔 장소로 향했다.

뚜깐은 당장이라도 집으로 달려가고 싶었다. 그러나 병색이 완연한 사부를 두고 갈 수는 없는 노릇이었다. 사부는 몇 달 전에 뵈었을 때와는 전혀 다른 모습이었다. 처음에 뵈었을 때에는 차림이 초라했으나 그 태도가 당당하고 자신감에 차 있었는데, 이제는 영락없는 팔순 노인이었다.

사부는 바닥에 누운 채 움직이지 않았다. 돌아가신 게 아닌가 싶어 뚜깐은 가까이 다가가 보았다. 다행히 고른 숨을 쉬고 있었다.

"예가 어디냐?"

눈을 감은 채 사부가 물었다.

"서낭당 뒤 암자이오이다."

뚜깐의 말에 눈을 감았던 사부가 천천히 눈을 떴다.

"일으켜 다오."

뚜깐은 사부를 일으켜 드렸다. 여전히 눈을 감은 채 반가부좌를 틀고 앉아 들숨과 날숨을 힘겹게 들이마시고 내뱉었다.

숨쉬기조차 여의치 않은 듯 몹시 고통스러운 표정이었으나 내색하지 않으려 애를 쓰고 있었다.

"글공부는…… 재미있느냐?"

사부의 갑작스런 질문에 뚜깐은 대답할 말이 없었다. 재미야 있었다. 그러나 지금은 그런 게 문제가 아니었다. 돌아가신 어매에 대한 서러움과 슬픔으로 머릿속이 텅 빈 것 같았다. 괜한 공부를 한답시고 싸돌아다니다 어매의 죽음까지 불러온 게 아닌가 후회되었다. 할 수만 있다면 모든 걸 되돌리고 싶었다. 어매가 다시 살아 주기만 한다면, 까짓 공부 포기해도 상관없었다. 어매가 다시 살아만 준다면, 말 잘 듣고 착한 딸이 될 터였다. 어매만 다시 살아나 준다면…….

"숯…… 숯을 구해다 주려느냐……. 쿨룩!"

사부의 말끝을 물고 시작된 밭은기침이 한동안 계속되었다.

뜬금없긴 했으나 사부의 청을 아니 들어 드릴 수 없었다. 숯이라면 아궁이를 뒤지면 어렵지 않게 구할 수 있는 물건이기도 했다. 뚜깐은 아궁이 속을 뒤져 마른 숯 두어 개를 골라 사부에게 갖다 드렸다.

사부는 앉아 있기가 몹시 힘든 듯 가쁜 숨을 몰아쉬었다. 한바탕 밭은기침이 몰아치고 난 연후에, 뚜깐이 가져온 숯 중에서 하나를 집어 들었다. 그러고는 숯으로 벽에 무언가를 쓰기 시작했다.

"읽을 수 있겠느냐?"

벽에다 글을 쓴 뒤 사부가 뚜깐에게 물었다. 뚜깐은 고개를 들어 사부가 벽에 쓴 글씨를 보았다. 나라말이었다. 모두 네 글자였다.

첫 번째 글자는 어렵지 않게 읽을 수 있었다. 그것은 '히'였다. 두 번째 글자도 어렵지 않았다. '믠'이었다. 세 번째, 네 번째 글자도 쉽게 읽을 수 있었다. '이'와 '슬'이었다. 글자는 읽었으나 그 뜻은 알 수 없었다.

"눕고 싶구나! 뉘여 다오!"

뚜깐은 사부를 자리에 뉘여 드렸다. 자리에 누운 사부는 잠든 듯 고요했다.

"해를 물고 있는 이슬이라는 뜻이니라."

잠든 줄 알았던 사부가 눈을 감은 채 말했다. 벽에 쓴 '히믠 이슬'을 두고 하는 말인 듯했다.

'해를 물고 있는 이슬?'

"동틀 녘 들판에 나가 보면, 들풀들이 싱싱하게 자라고 있지. 그 들풀 잎을 자세히 들여다본 적이 있느냐? 이슬이 맺혀 있을 게야. 그 이슬을 자세히 들여다보면, 해가 들어 있느니!"

사부는 여전히 눈을 감을 채 천천히 말을 이었다.

뚜깐은 사부가 쓴 숯 글씨를 응시했다.

'히믄이슬.'

뚜깐은 입 속으로 중얼거려 보았다.

"네 이름이니라!"

내 이름…… 뚜깐은 숨이 탁 막혀 왔다.

"부디 나라말 공부 팽개치지 말고 열심히 해서, 나라말로 고운 시(詩)를 쓰는 경지에 이를 수 있도록 하려므나!"

사부는 낮은 목소리로 뚜깐에게 당부한 뒤, 더 이상 입을 열지 않았다.

히믄이슬! 해를 물고 있는 이슬! 뚜깐은 그 이름과 뜻을 몇 번이고 되뇌었다. 자신에게 그토록 곱고 뜻 있는 이름이 생기다니, 뚜깐은 믿어지지 않았다.

그러나 다른 한편, 나라말 공부를 내팽개치지 말라는 사부의 당부 말씀은 지킬 자신이 없었다. 더구나 시를 쓴다는 건 상상조차 할 수 없는 일이었다. 거기까지 생각이 미치자 이름조차 부담스러웠다.

그나저나 형님들이 어찌 되었는지 궁금했다. 형님들이 돌아와야 한시라도 빨리 집으로 달려갈 터인데, 어째 감감무소식인지 답답했다.

문 옆 벽에 등을 기댄 채 쪼그리고 앉아 두 무릎을 껴안았다.

맞은 편 벽에 쓰인 숯 글씨 '흐른이슬'이 정면으로 시야에 들어왔다. 글씨를 바라보고 있기가 부담스러웠다. 시선을 둘 곳을 찾다가 무릎 위에 머리를 얹고 눈을 감아 버렸다.

얼마나 시간이 흘렀을까. 깜빡 잠이 든 모양이었다. 무언가 쓰러지는 둔탁한 소리를 듣고 잠에서 깨어났을 때는 어느새 해가 뉘엿뉘엿 지고 있었다. 형님들은 여태 돌아오지 않았다. 불길했다. 무슨 일이 생긴 게 분명했다. 여태 오지 않을 리가 없었던 것이다.

그 때였다. 밖에서 무언가 쓰러지는 소리가 들려 왔다. 무서웠다. 사부를 깨우고 싶었으나 너무나 곤히 잠들어 계셨다.

"사, 사부님!"

문 밖에서 신음 소리와 함께 목소리가 들려 왔다. 바우뫼였다. 뚜깐은 밖으로 뛰어나갔다. 놀랍게도 피투성이가 된 바우뫼가 한쪽 다리를 끌며 힘겹게 걸어오고 있었다. 뚜깐은 너무 놀라 비명조차 지르지 못했다. 뚜깐을 발견한 바우뫼는 그 자리에 풀썩 무너져 내렸다.

뚜깐은 바우뫼를 부축해 일으키며 세모돌과 뜰에봄은 어떻게 되었냐고 물으려다 그만두었다. 왠지 불길했다.

뚜깐은 바우뫼를 부축해 방으로 옮겨 잠이 든 사부 옆에 누인 후에 혼자서 산 아래로 내려갔다. 집으로 돌아가기 위해서였다.

　서낭당이 가까워졌을 즈음 여기 저기 핏자국이 선명했다. 온몸에 소름이 돋았다. 서낭당에 도착하자 세모돌의 주검이 눈에 들어왔다.

　뚜깐은 시체들을 지나 산 아래로 달려 내려갔다. 숨이 턱에 닿도록 뛰어 산을 내려가다 돌부리에 걸려 엎어졌다. 무릎이 쓰라렸다. 다시 일어나 뛰려다 문득 그 곳이 일전에 뜰에봄과 앉아 쉬던 풀숲이라는 사실을 깨달았다. 그리고 모로 누운 부도를 세우려 부질없이 애쓰던 생각도 떠올랐다.

　부도가 있는 샛길을 바라보았다. 무슨 까닭에서였을까, 뚜깐은 자기도 모르는 어떤 힘에 이끌리듯 샛길을 따라 걸어 들어갔다. 멀찌감치 거리를 두고 서서 부도를 바라보았다. 부도는 여전히 모로 누워 있었다. 벽 쪽으로 누워 잠든 척하던 어매의 등이 생각났다. 알 수 없는 끌림에 이끌려 부도 앞에 다다랐지만 더 이상 다가갈 수 없었다. 불길한 기운이 온몸을 에워쌌다. 발길을 돌리려는데 걸음이 떨어지지 않았다. 부도 쪽으로 좀더 가까이 다가갔을 때에야 알 수 없는 힘의 정체를 깨달았다. 부도 뒤에 뜰에봄의 주검이 누워 있었던 것이다.

　뚜깐은 놀라지도 소리치지도 않았다. 여기 이러고 누워 있을 줄 알았다는 듯, 뚜깐은 아무렇지도 않게 뜰에봄의 주검을 내려다보았다. 그리고 주검을 살폈다. 뒤쪽 옆구리에 깊숙한 칼자국이 선명했다.

들쳐 업기 위해 겨드랑이에 손을 집어넣었다. 숨을 거둔 지 그리 오래 되지 않은 듯 미진한 온기가 남아 있었다. 그 온기를 느끼는 순간 그제야 눈물이 쏟아졌다.

뜰에봄을 들쳐 업으려 했으나 자꾸 아래로 미끄러졌다. 몇 번 더 애를 쓰다가 뚜깐은 뜰에봄이 이곳을 떠나기 싫어하는구나 싶어 부도 옆에 그대로 뉘었다. 마을로 내려가기 전에 뜰에봄을 묻어 주어야겠다고 생각했다. 혼자서는 불가능했다. 문득 두려웠다. 바우뫼의 도움을 얻기로 했다. 다시 산을 올랐다.

암자에 이르렀을 때, 또다른 곡소리가 들려 왔다. 바우뫼의 목소리였다. 사부가 돌아가신 것이다.

그 날 밤, 바우뫼와 뚜깐은 암자 근처에 사부를 묻고, 서낭당 근처에 세모돌을 묻고, 부도 옆에 뜰에봄을 묻어 주었다. 세 개의 무덤을 완성하자 동이 터 왔다. 뚜깐은 부도 옆에 마련한 뜰에봄의 황토 봉분을 토닥여 다지기를 멈추고 허리를 폈다.

"애썼네!"

바우뫼가 낮은 목소리로 뚜깐의 노고를 치하했다.

바우뫼는 부도에 등을 기대고 앉았다. 그리고 부도에 걸쳐 놓았던 사부의 지팡이를 어루만졌다. 지팡이라면 자다가도 치를 떨던 바우뙤였다.

"인자 자네 갈 길로 가시게. 그리고…… 그간 괜한 딴죽 걸어 자네 부아 돋운 거 용서하소. 좋은 사램 만내서 행복하니 잘 사시게."

바우뙤는 용서를 빌었다.

뚜깐 또한 이게 마지막이라 생각하니 그간 들었던 정 때문인지 목이 메어 왔다. 어디 가든 잘 살라고 말하고 싶었다. 그러나 말이 되어 나오지는 않았다.

"참 잊어 뿔 뻔혔네. 이거……."

뚜깐은 아무 말도 못하고 돌아서려는데 바우뙤가 불러 세웠다. 돌아보니 바우뙤가 품에서 무언가를 내밀었다. 뚜깐 아배가 뜰에봄에게 준 보퉁이였다.

"뜰에봄 성님이 죽기 전에 자네헌티 전해 달라더군. 자네 부친께서 주싰다네."

뚜깐은 한눈에 그 보퉁이를 알아보았다. 빼앗아 가려는 아배로부터 어매가 필사적으로 지키려 했던 바로 그 보퉁이였다. 보퉁이 속에는 적지 않은 돈이 있었다. 가슴이 미어졌다. 뚜깐은 바우뙤에게 인사도 제대로 하지 못하고 집을 향해 달렸다. 어매가 보고 싶었다.

서낭당을 지나 개울을 건너 마을 초입으로 접어들 때였다.

아배의 노름 친우와 마주치게 되었다.

"어이구 껌쩍이야! 너, 너 주막집 딸 뚜, 뚜깐이 아니냐?"

그 치는 뚜깐을 알아보고는 귀신이라도 본 것처럼 깜짝 놀라 말까지 더듬었다. 밤새워 무덤을 파느라 뚜깐의 몰골이 말이 아니기는 했다.

뚜깐은 집을 향해 빠른 걸음으로 서둘렀다.

집으로 가는 동안, 뚜깐을 알아본 사람들은 하나같이 개울에서 만난 아배 친우와 똑같은 반응을 보였다. 얼마 전까지만 해도 이웃이었던 사람들이 염병 걸린 사람 보듯 피해 달아났다. 길에서 잘 놀고 있는 아이를 데리고 들어가는가 하면, 숨어서서 뚜깐을 훔쳐보며 숙덕거렸다.

낯설었다. 마을도 낯설었고, 이웃들도 낯설었다. 난생 처음와 보는 생경한 거리를 걷고 있는 듯 불안했다. 집 앞에 다다르자 그제야 마음이 좀 놓였다. 그러나 그것도 잠시, 반쯤 뜯겨져나간 사립문 안으로 들어서자 다시금 생경함과 불안이 엄습해왔다. 하루 만에 이렇게 달라질 수도 있을까 싶을 만큼 변해 있었다. 사람들로 북적거리던 마당과 봉놋방은 텅텅 비어 있었고, 집 안의 문이라는 문은 모두 뜯겨져 나뒹굴었고, 세간들은모두 박살이 나 있었다.

"어매!"

안방으로 달려 들어가 보았으나 어매는 보이지 않았다. 부엌에도 뒷간에도 어매는 없었다. 흉가가 되어 버린 마당 한가운데 서서 뚜깐은 어이 해야 할지 몰라 제자리를 맴돌았다.

"어매!"

젖은 목소리로 어매를 불러 보았다. 역시 아무런 대답도 없었다.

그 때였다. 부엌에서 무슨 소리가 들려 왔다.

"어매?"

부엌문을 벌컥 열며 어매를 불렀다. 웬 아낙이 뒷곁으로 난 문으로 막 나서려던 중이었다.

"어매 아니오?"

뚜깐의 말을 들었을 터인데 아낙은 부리나케 달아났다. 아낙을 뒤쫓아 어깨를 낚아챘다. 어매가 아니었다. 이웃집 여편네였다. 여편네의 치마폭에는 놋쇠 그릇이며 숟가락 등속이 담겨 있었다.

"이, 이거 다 예전에 느 어매한테 내가 빌려 준 거야."

여편네는 가로막고 서 있는 뚜깐을 피해 달아나려 했다. 뚜깐은 여편네의 옷깃을 잡았다.

"얘가 왜 이래. 이거 다 우리 거라니까."

"알았어요, 가져가요."

여편네가 거짓말을 하는 줄 알았지만 상관하지 않았다.

"우리 어매, 우리 어매 못 보셨소?"

"죽었잖어, 어제! 그 자리에 너두 있었다면서!"

뚜깐은 꿈만 같은 사실이 되살아났다. 떠올리고 싶지 않은
일이 생생히 기억났다. 사실이 아니라고, 꿈이라 여기고 싶었
던 것이 모두 실제 일이었다.

"그나저나 용하네! 어떻게 빠져 나왔어, 그 작자들한티 잡혀
갔다던데……. 내 이럴 줄 알았다. 다른 여편네들은 뚜깐이 니
가 아 글쎄, 그 작자들하고 한 패잖니. 그래 내가 그랬지. 아
니다, 걔는 그럴 애가 아니다, 억지로 끌려갔을 게다, 두고 봐
라, 도망쳐 나올 게다, 뚜깐이 어떤 앤데, 하고 막 우겼다니까.
하이구, 어쨌거나 용하네 용해! 하마터면 큰일 날 뻔봤다 너!"

여편네의 말이 뚜깐의 귀에는 들어오지 않았다. 이명처럼
윙윙거릴 뿐이었다.

"얼마나 고생을 했으면 며칠 사이에 볼 살이 쪽 빠졌구나!
이게 다 느 아배 탓이다. 망할 놈의 인사! 군졸들한테 잡혀 갔
으니 혼 좀 날 게야. 딸년을 팔아 넘겨 놓고는 어디로 갔는지
모르겠다고 딱 잡아뗐다는구나. 이런 말하기 안 됐다만, 느 아
배는 인두겁을 쓴 개종자다! 하이구, 그래두 양심은 있어서 군
졸들한테 끌려가면서도 느 어매 묻어 주고 가겠다고 싹싹 빌더

란다. 그래 놔 줬더니 남새밭에 가묘를 쓰고서 한차례 통곡까지 하더라네. 그게 다 꿍수지 뭐겠나. 풀려 놔 봐라. 숨겨 둔 돈 찾아서 당장에 새 마누라부터 얻을걸. 느 어매만 불쌍하게 됐다. 아이고! 원통해서 어쩌나! 노름꾼 냄편 만나 고생고생 하더니 그에 비명 횡사하는구나! 불쌍한 여편네! 할복한 여편네! 아이고, 불쌍해라!"

남새밭에 어매의 가묘를 썼다는 여편네의 말에 귀가 번쩍 뜨였다. 뚜깐은 한달음에 남새밭으로 달려갔다. 볕 잘 드는 곳에 맨흙 봉분 하나가 눈에 들어왔다. 여편네가 말한 어매의 가묘가 분명했다. 가묘 앞에 엎드려 통곡을 했다.

통곡을 하다 인기척을 느끼고 고개를 들었다. 한 무리의 군졸들이 몰려오고 있었다. 누군가 밀고를 한 모양이었다.

"이것아, 에미가 원혼이 되어 떠돌기를 바라는 게냐? 어여 달아나지 않고 뭘 하고 자빠졌니?"

어딘가에서 어매의 목소리가 들려왔다.

뚜깐은 눈물을 머금고 발길을 돌렸다. 무슨 정신으로, 무엇 때문에 다시 부도를 찾았는지 뚜깐 자신도 알 수 없었다. 정신을 차려 보니 부도 앞이었다. 구름 위를 걷듯 몽롱한 걸음으로 부도까지 왔던 것이다.

바우뫼는 여전히 부도에 등을 기댄 채 지팡이를 껴안고서 잠들어 있었다.

고마웠다. 반가웠다. 가 버렸으면 어이 하나 마음을 졸이지 않았던가.

바보! 여기 이러고 있으면 어쩌자는 건지! 미련곰탱이 같은 사람!

바우뫼의 어깨를 가볍게 흔들었다. 한 번 잠들면 저승사자가 업어 가도 모를 만큼 깊게 잠드는 바우뫼였으나 가볍게 한 번 흔들었을 뿐인데 화들짝 놀라며 눈을 떴다. 뚜깐을 발견하자 꿈이 아닌가 싶어 바우뫼는 눈을 비볐다.

바우뫼가 눈을 뜨자 뚜깐은 한 발짝 물러나 뒤돌아섰다.

"어여 일어나요. 군졸들이 몰려오고 있어요."

바우뫼는 여전히 꿈인가 생신가 믿기지 않는 듯 눈을 껌뻑이며 뚜깐의 말을 듣고만 있었다. 될 대로 되라는 심정으로 부도 옆에 퍼질러 앉아 버렸었다. 아무런 희망도 없었다. 이대로 있다가 들켜 목숨을 잃는다 해도 아쉬울 게 없었다. 잠든 사이에 녹듯이 썩어 땅으로 스며들고 싶었다. 그런데 뚜깐이 돌아오다니!

바우뫼는 군말 없이 일어났다. 바우뫼가 일어나는 소리를 듣고 뚜깐은 걷기 시작했다. 뒤 한 번 돌아보지 않고 산길을 오르던 뚜깐은 문득 고개를 돌려 부도가 누워 있던 곳을 바라보왔다.

부도가 모로 쓰러져 있는 바로 그 곳에서 새 한 마리가 푸드
덕 소리를 내며 날아올랐다. 뚜깐은 멈춰 서서 그 새를 따라 시
선을 옮겼다. 새는 하늘 위를 선회하며 까마득히 날아올랐다.

'부도가 무게를 털고 새가 된 것인지도 몰라. 부도에게도
넋이 있어서 그 넋이 새가 되어 날아가는 것인지도 몰라.'

한 점이 되어 사라질 때까지 뚜깐은 새의 날갯짓을 좇았다.

14

별아, 난 누구지?

들킬 것을 은근히 기대하며 쓴
일기며 詩들 따위
모두 태워 버리고…….

별아, 난 누구지?
별아!

〈별을 보다 까닭 없이 눈물 흘리다〉
정축년(丁丑年, 1517년) 십일월 열아흐레, '해문이슬'

'뚜깐뎐'을 다 읽었다. 아니, 읽은 게 아니라 들었다. 한글이
서툴러 읽는 것보다 책 읽어 주는 낭독 프로그램을 이용해 듣
는 게 편했다. 자동 번역 프로그램으로 영역을 했지만 사투리
가 많아 번역이 불가능했다. 할 수 없이 한글로 들을 수밖에 없
었다.

내레이터는 부드러우면서도 무게가 느껴지는 중년 남성의

목소리를 선택했다. 등장인물은 소설을 듣는 동안 그 때 그 때 캐릭터에 맞게 설정했다. 소설을 모두 다 듣는데 세 시간 남짓 걸렸다. 전반부와 후반부의 분위기가 사뭇 달랐다. 전반부는 뚜깐의 철없지만 행복했던 시절이라 가볍고 경쾌했지만, 후반부는 뚜깐의 운명처럼 어둡고 침울했다. 바우뫼의 사투리가 인상적이었다. 비록 무슨 뜻인지 다 알아들을 수는 없었으나 바우뫼의 캐릭터를 충분히 느낄 수 있었다.

그러나 내 취향의 소설은 아니었다.

캐빈은 이 소설이 수만 달러의 가치가 있다고 했는데 도무지 이해할 수 없었다. 허풍쟁이!

그 때였다.

"사랑하는 내 딸 제니!"

낭독 프로그램이 끝난 줄 알았는데, 갑자기 내레이터로 설정한 가상의 목소리가 들려 깜짝 놀랐다.

파일을 살펴보니, 메시지가 남아 있었다. 엄마의 메시지였다. 들을까 말까 잠시 갈등했다. 왜 이 소설 끝에 엄마의 메시지가 나오는 걸까? 소설을 다 읽지 않았다면 어쩌려고 소설 앞부분도 아니고 뒷부분에 메시지를 남긴 것일까?

내레이터 설정을 삭제하고 직접 읽기로 했다.

사랑하는 내 딸 제니!
내가 너를 얼마나 사랑하는지 아니?

입에 발린 소리! 믿지 않는다.

이제 와서 이해해 달라고 말할 염치는 없구나. 너를 진심으로 사랑했지만 네 아빠에게서 너까지 빼앗아 간다는 건 너무 잔인한 일이라고 생각했단다. 네 아빠는 나에게 무릎을 꿇고 제니만은 두고 가 달라고 부탁했지. 네가 나를 따라가는 것보다 아빠와 함께 있는 게 더 행복할 거라는 생각도 들었다. 그래서 널 포기했지. 하지만 그건 내게 너무나 큰 고통이었단다.

구차한 변명을 늘어놓을 것까지야……. 아빠는 나를 위해 모든 것을 포기했지. 엄마는 자신의 행복을 위해 딸을 포기했고. 나를 버리고 떠나 놓고 그게 나를 위해서인 것처럼 말씀하시는군.

네가 세 살 때 엄마는 세계 여행을 떠났어. 그 곳에서 팬플룻 연주자인 지금의 남편 로메로를 만났지. 너와 네 아빠에겐 정말 미안하구나. 첫눈에 로메로를 사랑하게 되었단다. 죽음을 코앞에 둔 지금도 그때의 선택을 후회하지 않는단다. 그건 선택이 아니라 운명이었어. 너도 언젠가는 이런 운명을 맞이하게 될지도 모르겠구나.

운명이 아니라 선택이었겠지. 선택을 한 이상 운명이라 여기고 싶었을 테고. 그런데 왜 나와의 만남은 운명이라고 여기지 않지? 엄마의 그 잘난 운명 덕분에 난 평생 엄마 없이 살아야 하는 운명을 받아들여야 했어.

나 없이도 무럭무럭 잘 자라 준 너에게 고맙구나. 공부도 잘한다지? 그래 열심히 공부해서 훌륭한 사람이 되렴. 공부는 때가 있단다. 시기를 놓치면 후회하게 되지.

엄마 노릇이라도 하겠다는 건가? 잔소리를 하더라도 좀 참신하게 할 수는 없을까? 어른들이란…….

미안! 어쩌다 보니 뻔한 잔소리를 늘어놓고 말았구나.
이제 와서 엄마 노릇을 할 생각은 없단다. 그럴 자격도 없고. 하지만 나에게 주어진 의무를 저버릴 수는 없구나. 대대로 어머니에게서 딸에게 전해지던 물건을 이제 너에게 전해 주려 해.

이 물건은 너의 외할머니에게 물려받았다. 외할머니는 증조 외할머니에게 물려받았지. 증조 외할머니는 고조 외할머니에게 물려받았고. 그렇게 엄마에게서 딸에게 물려졌단다.

이 물건을 처음 보았을 땐 귀찮게만 여겨지더구나. 구닥다리 옛날 물건들에는 전혀 관심이 없었지. 값나가는 골동품이라면 모를까, 전혀 값나갈 것 같지 않았거든.

내 말이!

지니고 있다가 죽기 전에 딸에게 전해 주라는 네 외할머니의 말은 적지 않은 부담으로 여겨지더구나.

어련하셨겠어!

그 때까지 지니고 있을 자신이 전혀 없었지. 네가 열 살만 되었어도 너에게 물려주고 떠났을 거야. 하지만 넌 그때 겨우 세 살이었어. 할 수 없이 물건을 지니고 다닐 수밖에 없었단다. 로메로가 우연히 이 물건을 발견하고는 집요하게 캐묻지 않았다면 어딘가에 처박혀 있다가 버려졌을 거야.

그 때 버려졌으면 좋았을 것을…….

엄마에게서 딸에게 대대로 전해 내려오는 물건이라고 로메로에게 말해 줬지. 그리고 500년이나 된 물건이라는 것도. 그말을 듣고 로메로는 백 번쯤 '오 마이 갓!'을 외쳤단다. 그 때부터 로메로는 서책을 읽어 달라고 조르기 시작했지.

서책도 있었던 거야? 그런데 왜 나에겐 낡아빠진 천 조각 한장만 달랑? 나머지는 어디다 뒀길래?

참, 그 얘기를 안 했구나. 원래 네 외할머니가 나에게 물려준건 '뚜깐면'이라는 제목의 서책 한 권과 자수 비단 열세 장이었단다. 그 얘기는 조금 있다가 해 주마.

뚜깐던? 원작이 있었던 거야?

얼마나 집요하게 조르던지 읽어 주지 않을 수 없었단다. 그런데 막상 읽어 주려니까 도무지 무슨 뜻인지 알 수가 없는 거야. 고등학교 다닐 때 훈민정음을 배우긴 했지만 그 실력으로는 어림도 없지 뭐야. 고어 연구 인터넷 카페에 가입해서 도움을 받아 가며 읽기 시작했지. 다 읽는데 꼬박 삼 년이 걸렸단다.

나머지 유물을 어디다 두었는지나 실토하시지……

제니야!

그렇게 삼 년을 보내면서 난 깨달았단다. 이 물건들이 얼마나 소중한 것들인지 말이다. 나는 이 물건들에 완전히 매료되었단다. 나의 엄마의 엄마의 엄마의 엄마의…… 엄마가 쓴 이 글은 읽으면 읽을수록 흥미롭더구나. 이 글은 소설의 형태를 띠고 있지만 회고록에 가깝단다. 특이한 점은 자신을 3인칭으로 객관화했다는 사실이야. 글쎄. 완전한 허구일지도 모르겠다. 아니면, 반은 허구이고 반은 사실일 수도 있고. 소설이라고 해야할지 회고록이라고 해야할지 나도 잘 모르겠구나.

만약 소설이라면 여성 최초이자 한국 최초라고 할 수 있단다. 그게 사실이라면 로메로의 말마따나 수십 만 달러의 가치는 될 거야.

수십 만 달러!

로메로가 그 말을 했을 때, 난 당장 팔아 오라고 했단다. 사실 그 때 누군가 그 물건을 산다고 했다면 팔았을지도 몰라. 단돈 천 달러만 줘도 팔았을 걸? 경제적으로 몹시 궁핍했던 시절이었거든.

하긴 이젠 팔고 싶어도 원본이 남아 있지 않으니 팔 수도 없겠구나.

원본이 남아 있지 않다고? 이런!

두렵다! 저승에 가서 뚜깐 할머니를 만나게 되면 무슨 말을 해야 하니? 한 권의 서책과 열세 장의 자수 비단을 거의 다 잃어버리고 말았으니 말이다. 500년 동안 대대로 전해져 오던 물건을 내가 잃어 버렸다는 생각만 하면 숨이 꽉 막히는 기분이란다.

전 재산을 털어 구입한 우리들의 보금자리이자 이동 수단인 비행잠수정이 고장 난 줄 모르고 바닷속으로 들어갔다가 죽을 뻔한 일이 있었단다. 그 때 그 물건들을 깊은 바닷속에 잃고 말았지. 겨우 자수 비단 한 장만 남았더구나.

수십 만 달러가 내 손에 들어오는 줄 알고 좋아했더니⋯⋯.

그 일을 겪고 나서 떠돌이 생활에 정나미가 떨어지더구나. 그리스 해변에 정착해 한동안 끙끙 앓았단다. 물건을 잃어버린 게 너무 아까웠거든.

며칠을 끙끙대다가 내용을 잊어버리기 전에 기록을 해 두는 게 어떻겠냐는 로메로의 말을 듣고 곧바로 작업을 시작했단다.

처음에는 도무지 아무것도 생각이 나지 않더구나. 자수 비단에 수놓인 시는 영어로 번역해 둔 게 있었는데 그걸 읽는 순간, 모든 게 하나둘 떠오르기 시작했단다.

메시지가 왜 이렇게 길담!

세 달 만에 초고를 완성했지. 하지만 다시 읽어 보니 원작에서 느꼈던 맛이 전혀 느껴지지 않지 뭐니. 내용과 줄거리는 거의 비슷했지만 원작의 고색창연한 문체가 사라지자 알맹이가 빠진 껍데기 같더구나.

차라리 내용과 인물, 사건 몇 개만 취하고 나머지는 버릴까도 생각해 보았다. 완전히 새로운 작품을 쓰고 싶었지. 하지만 그럴 수 없더구나. 그건 뚜깐 할머니를 다시 한 번 모독하는 짓이잖니.

물론 원작과 달라진 부분이 없는 것은 아니야. 전체 내용을

12개의 장으로 나누고 각 장의 도입부에 자수 비단의 시를 삽입한 건 순전히 나의 결정이란다.

그래서 어쩌라고?

초고는 세 달 만에 썼지만 다듬는 데는 5년 남짓 걸리더구나. 처음에는 모든 대사를 표준말로 썼는데 도무지 맛이 나지 않지 뭐야. 이제는 거의 자취를 감춘 사투리로 대사를 고치느라 많은 시간을 보내야 했단다. 이번 기회에 사투리를 공부하면서 우리말이 가진 풍요로움에 감탄했지.

내가 어릴 때만 해도 사투리를 사용하는 사람을 어렵지 않게 볼 수 있었는데, 이제는 노인들조차 사투리를 사용하는 사람은 드물지. 하긴 사투리는 고사하고 한글 자체가 사라질 위기에 처했으니 안타까운 일이야.

별 게 다 안타깝군.

500년 동안 전해져 오던 물건을 너에게 고스란히 전해 주지 못해 미안하구나.

전혀 그럴 필요 없는데……

　비록 한 장이지만 자수 비단이 남아서 다행이다. 게다가 남은 비단에 수놓은 시는 정말 아름답단다. 단순하고 소박하고 솔직담백한 이 시를 처음 읽었을 때 얼마나 울었는지 모른다. 왜 이 시를 읊을 때마다 눈물이 나는지 알 수가 없구나.

　쳇! 유치한 감상주의!
　그런데 한 가지 이해할 수 없는 게 있다. 뚜깐이란 분은 매우 가난하게 살았을 것 같은데 어떻게 비단에 시를 수놓을 수 있었을까? 왠지 가짜라는 느낌이 들었다. 시에 대해서 잘 알지 못하지만 '뚜깐던'의 각 장 도입에 적혀 있는 시는 옛날 사람이 썼다는 생각이 들지 않았다. 물론 엄마가 원작을 영어로 번역하고 그것을 다시 한글로 재번역하면서 고쳤겠지만, 그것을 감안하더라도 옛날 사람이 썼다고 믿기는 어려웠다.

　시를 쓸 수 있다는 건 인간이 할 수 있는 행위 중에 가장 숭고한 일일 거야. 삶과 죽음, 순간과 영원, 자아와 우주의 기운이 일체가 되는 순간, 시인은 섬광처럼 스치고 지나가는 말씀을 백지에 옮겨 적는 거지.

해문이슬 뚜깐의 시는 당시 유행하던 가사나 시조의 형식에서 완전히 벗어나 있어서 처음엔 조선시대의 시라고는 믿기지 않았단다. 게다가 비단에 수가 놓여 있다는 건 그 분이 살았을 삶과 어울리지 않았지. 그런데 나중에야 그 의문이 풀렸단다. '뚜깐뎐' 원본의 뒤표지 안쪽 부분에 비단에 대한 글이 언급되어 있었거든. 이름도 밝히지 않은 한 여인 ─ 뚜깐의 외손녀쯤 되지 않을까 짐작된다 ─ 의 짧은 글이었지. 원래 시는 광목천에 수놓아 있었는데 몹시 낡아 비단에 옮겼다는구나.

시가 당시의 것처럼 여겨지지 않는 까닭은 뚜깐 할머니가 가사나 시조를 접해 보지 못했기 때문이 아닐까 싶어. 시를 어떻게 쓰는지 몰랐던 게지. 당시에 살던 시인이 뚜깐의 시를 읽었다면 결코 시라고 인정하지 않았을 거야. 하지만 뚜깐의 시는 당시 양반들의 한시나 시조들 못지않게 완성도가 높은 작품이라고 생각한다.

그럼 뭐해. 원본이 없잖아. 뭘로 증명할 거야?

시는 뚜깐이 말년에 과거를 회상하며 쓴 게 아닌가 싶구나. 아니면 '뚜깐뎐'을 쓰면서 문득문득 떠오르는 과거를 시로 옮겼을 수도 있고.

그게 대수야? 원본이 없는걸!

사랑하는 내 딸아!

아쉽게도 내게 남은 시간이 얼마 없구나. 이 세상에 살면서 단 한 편의 시도 남기지 못하고 떠나는 것이 아쉽다. '뚜깐뎐' 을 마무리 지을 수 있어서 그나마 다행이야. 편히 눈을 감을 수 있을 것 같아.

'뚜깐뎐'과 자수 비단은 이제 네 거야. 네가 알아서 처리하렴. 나중에 너의 딸에게 물려주라고 부탁할 염치는 없구나. 다만 이 땅에 살았던 뚜깐이라는 분이 있었음을 가끔씩 기억해 주기 바란다.

엄마를 기억해 달라는 말처럼 들리는걸. 쳇!

낡아빠진 비단 쪼가리와 증거물도 없는 소설을 내 딸에게 물려줄 이유가 나에겐 없다. 게다가 지금으로선 결혼을 할 생각조차 없다. 결혼을 하더라도 자식을 가질 생각이 없다. 만약 생기더라도 사내아이를 갖고 싶다.

기억해 달라고? 뚜깐이든 엄마든 문득 떠오를 수도 있고 그렇지 않을 수도 있다. 불현듯 떠오른다면, 기분이야 나쁘겠지만 어쩔 수 없다. 하지만 일부러 떠올릴 마음은 조금도 없다.

　내 딸 제니야, 진심으로 사랑한다!
　안녕!

　어이없다! "안녕!"이라는 글자를 읽지 말았어야 했나? 눈이 아리다. 얼른 고개를 들고 눈을 깜빡였다. 감동해서? 천만에! 길고 장황한 편지를 읽느라 눈이 피곤할 뿐이다. 문서를 종료했다.
　안경 피시를 벗으려는 순간, 메시지 도착 아이콘이 떴다. 캐빈이었다. 잠시 갈등하다가 열어 보았다.
　"안녕, 제니? 바이러스 사건, 다 자백했어. 외국 사람인 내가 왜 그런 짓을 했는지 의아해 하더군. 오죽 답답했으면 외국인인 내가 그런 바이러스를 유포했겠냐고! 너네 한국 사람들, 솔직히 말해서 한심해. 중국은 20여 년 전부터 법적으로 영어 사용을 금지하고, 대신 번역 시스템 개발에 총력을 기울여 지금은 영어를 사용하는 국민이 거의 없다지? 중국은 몇 해 전부터 미국을 제치고 세계 1위 경제력을 가진 나라가 되었어. 반면에 영어공용화 정책을 일찌감치 실시했던 일본을 봐. 이젠 중국어 공용화 정책을 펼치네 마네 우왕좌왕하고 있잖아."

남의 나라 일에 왜 이렇게 관심이 많담. 제 나라 걱정이나 할 것이지……

"소설 읽어 보았니? 엄마의 메시지는? 참, 엄마의 메시지가 있다는 말을 했던가? 하여간, 소설은 다 안 읽어도 좋은데 엄마의 메시지는 꼭 읽어 주라. 소설 끝나고 바로 시작되거든. 넌 모를 테지만, 엄마는 널 진심으로 사랑했어. 하긴 뭐, 자식을 사랑하지 않는 부모가 어디 있겠냐."

내 말이! 책임을 지는 부모가 있고, 그렇지 않은 부모가 있을 뿐이지!

"너에게 줄 사랑을 내가 대신 받았어. 나는 엄마랑 죽이 잘 맞았어. 엄마는 정말 멋진 사람이야. 너에게서 그런 엄마를 뺏은 것 같아 미안하기도 해. 하지만 엄마가 해 준 음식을 먹지 않아도 된 건 다행인 줄 알아라. 엄마의 요리 솜씨는 정말 최악이야. 문제는 엄마가 그 사실을 모른다는 거지. 자꾸 해 주셨거든. 이렇게 된 건 모두 아빠 탓이야. 처음부터 단호하게 맛이 없다고 했으면 나까지 그 고통을 겪지 않아도 되었을 텐데."

복에 겨운 소리 하시네.

"그렇지만 엄마는 이 세상에서 최고로 멋있는 사람이야. 누구든 엄마를 만나면 10분 안에 좋아하지 않고는 못 배겨. 엄마는 나의 선생이자 나의 우상이야. 한국 사람도 아닌 내가 한글에 관심을 가지게 된 것도 다 엄마 영향이지. 엄마가 태어났다는 사실만으로도 코리아는 나에게 특별한 곳이야. 엄마가 돌아가시고 나서는 더 그래. 엄마를 추억하게 하는 모든 것이 소중해. 하지만 엄마가 말년에 가장 소중하게 간직하던 물건을 너에게 물려줄 땐, 솔직히 많이 섭섭하더라. 난 엄마가 이 세상에서 나를 가장 사랑하는 줄 알았거든. 처음엔 화가 많이 났었는데 이젠 엄마를 이해해. 내 마음을 알았는지 어느 날 엄마가 나에게 모든 걸 설명해 주셨지. 어떤 사람에게는 아무런 가치도 없는 낡아빠진 비단 조각과 소설 파일에 불과할지 모르겠지만, 적어도 한국 사람에겐 매우 소중한 물건이라는 걸 알게 되었어. 그 누구보다 너에겐 특히 그렇겠지. 엄마가 이 물건을 제니 너에게 꼭 전해 달라고 몇 번이나 부탁했어. 돌아가시는 순간까지!

엄마가 남긴 '뚜깐던'의 스토리는 엄마에게 들어서 이미 잘 알고 있지만, 언젠가 난 내 눈으로 직접 읽고 말 거야. 왜냐고? 엄마가 쓴 거니까!

내가 병에 걸려 죽을 뻔 했을 때, 엄마의 간호가 아니었다면 난 죽었을 거야. 마약을 하며 친구들과 어울려 다닐 때 내 앞에서 무릎까지 꿇고 빌었던 엄마가 아니었다면 나는 지금쯤 쓸모없는 인간이 되고 말았겠지. 엄마의 노력이 아니었다면 졸업도 하지 못했을 거고, 대학을 다니겠다는 생각조차 하지 않았을 거야. 바이러스를 만든 것은 엄마에게 바치는 나의 마지막 선물이야. 엄마가 좋아할지 아닐지는 모르겠지만……. 엄마는 돌아가시기 며칠 전, 조금만 더 살 수 있다면 한글을 살리기 위해 온몸을 바쳤을 거라며 아쉬워하셨어. 엄마가 좀더 살아계셨더라면, '뚜깐뎐'에 등장하는 젊은이들처럼 한글을 지키기 위해 지하 운동이라도 벌였을지 몰라.

엉? 이게 무슨 냄새지? 된장찌개 냄새잖아! 엄마가 종종 해주셨는데. 처음엔 냄새가 고약해서 도저히 먹을 수 없었는데 지금은 너무나 구수하게 여겨지는걸. 저녁 시간이야. 다음에 연락할게. 으으으, 배고파 죽겠다!"

캐빈은 인사도 제대로 하지 않고 메시지를 끝냈다. 뭔가 거창한 이유가 있어서 바이러스를 만든 줄 알았는데 엄마의 생일 선물이었다니 어이가 없었다. 감옥에 갈지도 모르는 짓을 했는데 엄마가 퍽이나 좋아하겠다! 철딱서니 없는 어린애도 아니고……. 캐빈을 키우느라 엄마가 얼마나 애를 먹었을지 안 봐도 알 것 같다.

그렇게 며칠이 지났다. 웬일인지 '뚜깐뎐'을 잊을 수가 없었다. 특히 옷장 속에 아무렇게나 던져 둔 자수 비단이 뇌리에서 떠나질 않았다. 시간이 지나면 금세 잊을 줄 알았는데 전혀 그렇지 않았다. 시간이 지날수록 오히려 더 궁금했다. 도대체 어떤 글이기에 엄마가 눈물을 흘렸다는 건지 알고 싶었다. 그 시를 읽고 엄마처럼 울게 될 일은 없겠지만, 엄마를 울게 한 시를 읽는다는 것은 엄마를 용서한다는 의미처럼 여겨졌는지도 모르겠다. 아직은 엄마를 용서할 생각이 없었다.

『뚜깐뎐』을 읽은 지 몇 달이 지났다. 엄마를 용서하는 게 절대 아니라고 스스로에게 다짐하며 자수 비단을 보기로 했다. 그저 내용이 궁금할 뿐이었다.

비단 조각을 꺼냈다. 금방이라도 바스락거리며 부서져 한 줌 먼지로 변해 버릴 것 같았다. 상상했던 것보다 훨씬 가벼웠다. 무게를 느낄 수 없을 지경이었다. 영혼의 무게가 이렇지 않을까 싶었다. 그 생각 때문이었을까, 오소소 소름이 돋았다.

비단 조각을 살펴보았다. 글자가 수놓여 있었다.

데둥ㅋ리라 期待ᄒ며 쓴
日記 詩 나브링이
모다 퇴와 부리고

별하 나ᄂ 뉜다
별하

- 丁丑年 十日月 열아흐레, 별 보두 가닭 업시 눇믈 흘리노라

'히문이슬' -

몇 글자는 알 것도 같았지만 무슨 뜻인지는 전혀 알 수 없었다. 은근히 부아가 치밀었다. 도로 장롱 속에 집어 던질까 하다가 무슨 뜻인지 그것만이라도 알고 싶었다. 당장 인터넷을 뒤져 중세 국어사전을 검색했다. 첫 단어 '데둥키리라'부터 벽에 부딪혔다. 검색을 해도 나오지 않았던 것이다. 기본형으로 여겨지는 '데둥키다'를 검색했지만 역시 없었다. 슬슬 약이 올랐다. 오기도 생겼다. 꼬박 이틀 만에 그것이 '들키다'의 경상도 사투리라는 걸 알게 되었다.

그렇게 한 달 남짓, 이 괴상한 글자들을 해석하느라 낑낑거렸다. 가끔 내가 지금 무슨 짓을 하고 있는지 스스로에게 묻곤 했다. 하지만 잘 모르겠다. 오기? 아니면 반항? 뚜깐 할머니에 대한 존경심이라고 해 두자. 적어도 엄마에 대한 그리움은 아니다. 엄마는 조금도 그립지 않다. 조금도……

첫 단어에 애를 먹었지만 나머지는 비교적 쉽게 해석할 수 있었다. 문제는 그것을 현대 국어로 옮기는 것이었는데, 그건 쉬운 일이 아니었다. 물음표와 느낌표 하나 찍는데 며칠을 고민했다. 말줄임표를 찍어야 할지 말아야 할지 고민하느라 또

며칠을 보냈다. 일주일 만에 드디어 첫 번째 행을 해석할 수 있었다.

들킬 것을 은근히 기대하며 쓴

엄마에게 들킬 것을 기대하며 엄마의 홈페이지에 일기를 썼던 적이 있다. 그러나 엄마가 보았는지는 알 수 없다. 24시간 뒤에 지웠으니까. 아빠에게 야단을 맞았을 때나 남자 친구와 헤어졌을 때, 달거리를 시작했을 때, 엄마에게 들킬 것을 기대하며 일기를 썼다. 뚜깐은 누구에게 들킬 것을 기대하며 일기와 시를 썼을까?

그렇게 한 달이 지났다. 그리고 완전히 해독했다. 수학 문제를 풀었을 때처럼 기뻤다. 그 이상도 그 이하도 아니었다. 엄마는 이 시를 읽고 눈물을 흘렸다는데 눈물은커녕 오히려 기쁨의 탄성이 터져 나왔다. 처음엔 그랬다. 그러나 나흘 뒤, 엄마가 왜 이 시를 읽고 눈물을 흘리게 되었는지 알게 되었다.

자정이 넘도록 공부를 하다 바람이나 쐴까 싶어 아파트 옥상 전망대 위로 올라갔다. 하늘의 별이 아름답게 빛나고 있었다. 나도 모르게 시가 떠올랐다. 해독을 하는 동안 나도 모르게 외게 된 모양이었다. 별똥별 하나가 스러졌다.

들킬 것을 은근히 기대하며 쓴

일기며 시(詩)들 따위

모두 태워 버리고…….

별아, 난 누구지?

별아!

이 땅을 살다간 수많은 '뚜깐'에게

지금으로부터 20여 년 전, 모 신문을 주축으로 영어공용화를 주장한 적이 있다. 그 즈음 우연히 연산군 시절, 한글 사용을 금지하고 한글 서책을 불태운 일이 있음을 알게 되었다. 그 사실을 읽는 순간, 이야기 하나가 떠올랐다. 원고지 30매 분량의 줄거리가 막힘없이 술술 터져 나왔다. 이후 까맣게 잊고 있다가 10여 년 뒤에 1200매 분량의 소설로 풀어냈다. 그러나 마무리를 짓지 못한 채 그 후 10여 년간 만지작거리기만 했다.

2년 전, 행사에 다녀오는 길에 강숙인 선생님의 옆자리에 앉게 되었을 때, 이 소설이 문득 떠올라 내용과 줄거리를 말씀드렸다.

"그거 재미있네!"

선생님의 반응에 고무되어 원고를 찾아 다듬기 시작했다. 그렇게 2년여 동안 다듬고 다듬었더니 원래 분량보다 반으로 줄어

들었다. 계획대로라면 지난 해 이맘 때 출간을 하려 했으나 여의치 않아 시간을 끌다가 이제야 책을 내게 되었다.

공교롭게도 영어몰입교육이다 뭐다 시끄러운 요즘이다. 이러한 요즘 세태는 『뚜깐뎐』에서 걱정하고 비판하는 내용과 일치한다. 시류를 좇아 출간을 하는 꼴이 되고 말았다. 꼴은 우습게 되었지만, 지금의 현실이 개탄스러운 것도 사실이다.

영어가 중요하다는 것을 부정하지 않는다. 그렇다고 해서 모든 사람이 영어를 사용해야 한다는 건 매우 어리석은 주장이다. 최근 중국의 두드러진 성장은 영어 실력과 아무런 상관도 없다. 과거 일본의 성장 역시 마찬가지다. 70년대 한국의 성장도 역시 국민의 영어 실력과는 무관하다. 아프리카와 동남아시아의 많은 국가가 영어를 자국어와 공용어로 사용하지만 영어가 경제 성장에 어떤 긍정적 영향을 미쳤는지는 잘 모르겠다.

처음 『뚜깐뎐』을 구상할 때만 해도 '설마!' 이런 일이 있을
까 싶었다. 그러나 세상 돌아가는 모양을 보니 『뚜깐뎐』의 염려
가 기우에 불과하지 않을 수도 있겠다는 걱정이 몰려온다. 과연
한글 창제 600주년을 맞이할 때쯤 살게 될 우리의 후손이 한글
을 버리고 영어를 쓰는 일이 생길 수 있을까? 부디 그런 일이 현
실로 되지 않기를 간절히 바란다.

그런 점에서 『뚜깐뎐』은 한글이 처한 위기 상황을 일깨우고
경각심을 줄 수 있는 촉매가 되는 데 주저하지 않겠다. 다만 『뚜
깐뎐』이 영어공용화 정책이나 영어몰입교육을 비판하기 위한
목적으로만 읽히지 않기를 간절히 소망한다.

이 소설을 쓸 수 있었던 것은 이 땅의 수많은 '뚜깐'을 만난
덕분이다. 특히 환갑이 가까운 연세에 한글을 익히기 시작해 손
자에게 구박을 받아가면서도 열심히 배워 자식들에게 손수 편지

를 보내신 내 아내의 어머니이자, 나의 장모이신 김금순 여사와의 만남은 이 소설을 쓰고 다듬는 데 큰 자극이 되었다.

'막내 사우에게!

밥 잘묵고 싸우지마고 의좋게 잘 사시게.

– 장모가 씀'

그 편지를 받아들고, 삐뚤삐뚤 춤추는 글씨를 보면서 울지 않을 수 없었다.

김금순 여사께 이 소설을 바친다.

2008년, 가을에

이용포

이 용 포

1966년 강원도 평창에서 태어나 한양대학교 국어국문학과를 졸업했다. 1990년 '문학과 비평' 신인상 시 부문과 '5월 문학상' 단편소설 부문에 각각 당선되어 문단에 데뷔했다. 2005년 '푸른문학상'을 수상하며 본격적으로 동화와 청소년소설을 쓰기 시작했으며, 2007년 '올해의 작가상'을 수상했다. 지은 책으로 『느티는 아프다』, 『태진아 팬클럽 회장님』, 『뚜깐뎐』 등이 있다.

푸른도서관

푸른도서관은 '10대에서 20대까지' 눈부신 성장을 거듭하는
'푸른 세대'를 위한 본격 문학 시리즈입니다.
이금이 작가의 대표작인 「유진과 유진」을 비롯하여
푸른문학상 수상작 「쥐를 잡자」, 「외톨이」 등
당대 청소년들의 현실을 생생하게 반영한 성장소설과
「화랑 바도루」, 「에네껜 아이들」 등 다양한 시대상을 반영한
역사소설 그리고 판타지와 청소년시집에 이르기까지
국내 작가들이 공들여 창작한 흥미롭고 감동적인 작품들을
푸른도서관에서 더 만나 보세요!

1. 뢰제의 나라 강숙인 지음

교통사고로 가사 상태에 빠진 열두 살 소년이 저승사자의 손에 이끌려 저승인 '뢰제의 나라'
를 여행하면서 벌어지는 모험담을 담은 판타지소설.

★ 윤석중문학상 수상작   ★ 동화읽는가족 추천도서

2. 아버지가 없는 나라로 가고 싶다 이규희 지음

아픈 결핍의 가족사를 벗어던지고 마침내 더 너른 세상을 향해 나아가는 소녀를 통해 성장의
의미를 곰곰이 곱씹게 해 주는 가슴 뭉클한 성장소설.

★ 세종아동문학상 수상작가

3. 까망머리 주디 손연자 지음

좋아하는 남학생에게 외모에 대한 조롱 섞인 말을 듣고, 입양아인 자신이 미국 사회의 이방
인이라는 사실을 깨닫는 사춘기 소녀 주디가 정체성을 찾아가는 이야기.

★ 책따세 추천도서   ★ 경기도학교도서관사서협의회 추천도서   ★ 부산광역시교육청 독서인증제 권장도서

4. 이쁘 언니 강정님 지음

일제 강점기 말과 해방 공간을 시간적 배경으로 밤나무정 마을에 사는 '복이'라는 여자아이
의 삶의 비밀을 하나하나 알아가는 과정을 그린 아름다운 연작소설집.

★ 서울시교육청 교과별 권장도서   ★ 한우리독서토론논술 필독도서   ★ 한국아동문예상 수상작

5. 너도 하늘말나리야 이금이 지음

미르와 소희, 바우는 각자의 상처를 속으로 감추고 괴로워하다 서로를 알아본다. 서로의 상
처를 보듬어 주는 순간, 상처에는 새살이 돋고 아이들은 비로소 성장하게 된다.

★ 중학교 〈국어〉 교과서 수록   ★ 책따세 추천도서   ★ 〈중앙일보〉 좋은책 100선 선정도서

6. 내 이름엔 별이 있다 박윤규 지음

1970년대라는 한국 사회의 정치적·사회적 격동기를 배경으로 성장해 나가는 사춘기 소년
의 삶을 통해 2000년대의 우리가 잊고 지냈던 '꿈'과 '희망'을 다시 한 번 환기시켜 준다.

★ 서울시립어린이도서관 추천도서

7. 토끼의 눈 강정규 지음

한국 전쟁을 배경으로 한 세 편의 이야기를 엮은 소설집. 작품 속에 총소리나 죽음은 등장하
지 않지만, 천진한 아이들의 눈으로 바라본 전쟁이 숨이 막힐 듯 가깝게 다가온다.

★ 세종아동문학상 수상작   ★ 아침독서 청소년 추천도서

8. 화랑 바도루 강숙인 지음

부모님을 일찍 여읜 바도루가 김충현 장군 밑에서 생활하며 그의 자제인 경천과 함께 피나는
노력과 뜨거운 우정을 나누며 꿈에 그리던 화랑이 되는 이야기를 그린 본격 역사소설.

★ 동화읽는가족 추천도서

9. 유진과 유진 이금이 지음

어린 시절 함께 성추행을 당한 동명이인 '유진과 유진'의 각각 다른 성장 과정을 통해 청소년
의 심리를 아주 세밀하게 보여 주는 이금이 작가의 청소년소설.

★ 책따세 추천도서   ★ 어린이도서연구회 청소년 권장도서   ★ 한국도서관저널 선정 성장소설 50선

10. 마사코의 질문 손연자 지음

일본인 소녀의 입으로 일본인의 죄를 묻는 이야기. 일제 강점기에 우리 민족이 겪은 온갖 수난을 생생하고 절실하게 그려 낸 9편의 작품이 실려 있다.

★ 세종아동문학상 수상작   ★ SBS 어린이미디어대상 수상작   ★ 한우리독서토론논술 필독도서

11. 아, 호동 왕자 강숙인 지음

비극적 사랑의 대명사 호동 왕자와 낙랑 공주, 그들이 정말 사랑하는 사이였는가에 대한 의문으로 시작된 역사소설. 우리가 알고 있던 이야기를 뒤집어 전혀 새로운 시각을 제시한다.

★ 한우리독서토론논술 필독도서   ★ 서울독서교육연구회 추천도서   ★ 책읽는교육사회실천협의회 추천도서

12. 길 위의 책 강미 지음

'책'을 통해 자연스럽게 자신의 고민과 방황을 해결하고 상처를 치유해 나가는 여고생들의 이야기를 잔잔하게 그렸다. 청소년들을 위한 성장소설들이 '책 속의 책'으로 가득 담겨 있다.

★ 제3회 푸른문학상 수상작   ★ 책따세 추천도서   ★ 문화체육관광부 우수교양도서

13. 느티는 아프다 이용포 지음

'지금 여기'의 '가장 낮은 곳'을 이야기하는 성장소설. 독자들에게 이웃을 바라보는 시선을 바꾸고 존재의 소중함을 돌아볼 수 있는 시간을 마련해 준다.

★ 한국문화예술위원회 우수문학도서   ★ 평화박물관 선정 청소년 평화책

14. 발끝으로 서다 임정진 지음

베스트셀러 『행복은 성적순이 아니잖아요』의 임정진 작가가 펴낸 청소년소설. 낯선 땅으로 홀로 유학을 떠난 주인공을 통해 조기 유학생활의 어려움과 외로움을 절절하게 그렸다.

★ 책따세 추천도서

15. 마지막 왕자 강숙인 지음

역사의 그늘에 가려져 있던 인물이자 신라의 마지막 왕인 경순왕의 아들 마의태자를 주인공으로 한 역사소설로, 그의 새로운 영웅적 면모를 보여 준다.

★〈중앙일보〉좋은책 100선 선정도서   ★ 어린이도서연구회 권장도서

16. 초원의 별 강숙인 지음

마의태자를 주인공으로 한 『마지막 왕자』의 후속작. 사라져 버린 나라를 그리워하던 주인공 새부가 광활한 만주 대륙에서 아버지의 꿈을 이루는 과정을 흥미진진하게 그리고 있다.

★ 동화읽는가족 추천도서

17. 주머니 속의 고래 이금이 지음

가슴속에 품고 있는 꿈을 찾기 위해 노력하는 열다섯 살 아이들에 대한 이야기이다. 저마다 꿈을 좇는 과정에서 실패와 좌절을 겪지만 다시 씩씩하게 일어나는 모습을 보여 준다.

★ 중학교〈국어〉교과서 수록   ★ 대한출판문화협회 올해의 청소년도서

18. 쥐를 잡자 임태희 지음

원치 않는 임신을 한 여고생의 이야기로 성에 대해 여전히 취약한 우리 청소년의 현실을 돌아보고 위험성을 인식하게 만든다. 동시에 대책 마련이 시급하다는 사실을 새삼 일깨운다.

★ 제4회 푸른문학상 수상작   ★ 아침독서 청소년 추천도서   ★ 어린이도서연구회 청소년 권장도서

19. 바람의 아이 한석청 지음

우리나라 아동청소년문학 최초로 발해를 소재로 한 장편역사소설. 고구려 멸망 뒤 옛 고구려 지역에 살던 이들의 비참한 삶과 나라를 되찾고자 하는 투쟁을 생생하게 그려 냈다.

★한우리독서토론논술 필독도서 ★책읽는교육실천협의회 추천도서

20. 베스트 프렌드 이경혜 외 지음

사춘기를 지나 성숙한 남녀로 성장하는 과정에 놓인 청소년들의 심리 변화를 섬세하게 그린 표제작을 비롯해 현실적인 청소년들의 한계와 모순을 그린 5편의 단편소설을 엮었다.

★어린이도서연구회 청소년 권장도서

21. 리남행 비행기 김현화 지음

봉수네 가족이 북한을 탈출해 리남행 비행기에 오르기까지의 여정이 긴장감 있게 그려져 있다. 온갖 역경 속에서도 인간애와 가족애를 잃지 않는 모습이 진한 감동을 선사한다.

★제5회 푸른문학상 수상작 ★책따세 추천도서 ★한국문화예술위원회 우수문학도서

22. 겨울, 블로그 강미 지음

자신만의 길을 찾아가는 청소년들이 종횡무진 활동하는 네 편의 작품을 담았다. 청소년들의 일상을 정확하고 섬세하게 묘사하여 그들이 나아갈 수 있는 길을 오롯이 보여 준다.

★문화체육관광부 우수교양도서 ★아침독서 청소년 추천도서 ★한국출판인회의 선정 이달의 책

23. 네가 하늘이다 이윤희 지음

1894년 동학 농민 운동을 배경으로 새로운 세상을 꿈꾸었지만 결국 이름조차 남기지 못하고 스러져 간 농민군의 이야기를 감동적으로 그려 낸 대하역사소설.

★아침독서 청소년 추천도서 ★한국어린이문화대상 수상작

24. 벼랑 이금이 지음

원조 교제, 첫 키스, 협박, 폭력……. 거친 현실의 이면에 감춰진 청소년들의 내면을 섬세하게 다루고 있는 이금이 작가의 연작청소년소설.

★한국문화예술위원회 우수문학도서 ★아침독서 청소년 추천도서 ★네이버 북리펀드 선정도서

25. 뚜깐뎐 이용포 지음

서기 2044년, 한국에서 영어 공용화 법안이 통과된 뒤 영어가 일상어로 자리를 잡은 때와 한글이 박해를 받던 연산군 시절을 오가며 현대인들에게 진지한 성찰의 기회를 제공한다.

★아침독서 청소년 추천도서 ★대한출판문화협회 올해의 청소년도서 ★〈중앙일보〉 선정 이달의 책

26. 천년별곡 박윤규 지음

천 년의 시간을 애증과 그리움으로 버틴 주목나무의 이야기를 절제된 감성으로 그린 작품. 시 형식을 차용한 소설인 '시소설'이란 신선한 장르에 애절한 정서를 잘 녹여 냈다.

★한우리가 선정한 좋은 책

27. 지귀, 선덕 여왕을 꿈꾸다 강숙인 지음

지귀 설화 속에 숨어 있는 선덕 여왕 이야기를 담은 역사소설. 지귀와 선덕 여왕, 김춘추와 김유신 등 시대의 격랑에 휘말린 이들의 삶과 사랑이 독자들의 가슴속에 파고든다.

★책따세 추천도서 ★네이버 북리펀드 선정도서

28. 청아 청아 예쁜 청아 강숙인 지음

〈심청전〉을 현대적으로 재해석한 소설. 새로운 시각의 심청과 서해 용왕 그리고 그의 아들을 등장시켜 '보이지 않는 사랑 이야기'를 통해 참다운 사랑의 의미를 되새기게 한다.
★ 한국출판인회의 선정 이달의 책 ★ 중앙독서교육 선정도서

29. 살리에르, 웃다 문부일 외 지음

'엄친아'와의 비교에 시달리며 자신을 '살리에르'라 믿는 청소년들에게 건네는 '꿈'에 관한 다섯 가지 이야기. 꿈을 향한 청소년들의 힘차고도 아름다운 몸부림이 담겼다.
★ 제6회 푸른문학상 수상작 ★ 아침독서 청소년 추천도서 ★ 경기도학교도서관사서협의회 추천도서

30. 사라지지 않는 노래 배봉기 지음

세계적 미스터리의 하나인 이스터 섬 모아이 석상의 비밀을 소재로 인간의 파괴적 욕망과 그것을 극복했을 때 찾을 수 있는 평화를 보여 준다.
★ 문화체육관광부 우수교양도서 ★ 네이버 북리펀드 선정도서

31. 김홍도, 조선을 그리다 박지숙 지음

김홍도의 그림을 통해 그의 삶을 다룬 연작으로, 작가 특유의 상상력과 깊이 있는 통찰력으로 '인간 김홍도'의 삶을 생생하게 되살려낸 본격 역사소설이다.
★ 문화체육관광부 우수교양도서 ★ 〈소년조선일보〉 추천도서 ★ 아침독서 청소년 추천도서

32. 새가 날아든다 강정규 지음

한국 전쟁을 직접 경험한 세대가 전쟁과 분단과 이산이라는 문제를 다른 시각에서 조명한 작품. 역사의 굴곡을 넘어 당대의 사람들이 더불어 살아가는 이야기를 일곱 편의 소설에 담았다.
★ 아침독서 청소년 추천도서

33. 에네껜 아이들 문영숙 지음

구한말 멕시코의 낯선 농장으로 이주한 조선 사람들이 노예처럼 일하며 온갖 고난과 수모를 당하지만 불굴의 의지로 희망의 새로운 터전을 마련한 내용을 담은 역사소설.
★ 책따세 추천도서 ★ 대한출판문화협회 올해의 청소년도서 ★ 아침독서 청소년 추천도서

34. 밤나무정의 기판이 강정님 지음

1950년대를 배경으로 소년 기판이의 각별하고도 애틋한 성장과 모험과 죽음을 다룬 이야기. 작가 특유의 입담과 사투리에 실린 당시의 일상과 풍속이 눈앞에 생생하게 되살아난다.
★ 한국문화예술위원회 우수문학도서 ★ 아침독서 청소년 추천도서

35. 스쿠터 걸 이은 지음

질풍노도의 시기인 청소년기의 한복판에 서 있는 열다섯 살 중학생들을 본격적으로 등장시킴으로써 중학생들의 삶을 밀도 있게 그려 낸 청소년소설집.
★ 한국간행물윤리위원회 우수청소년저작 당선작 ★ 학교도서관저널 추천도서

36. 우리 반 인터넷 소설가 이금이 지음

거짓이 휘두르는 보이지 않는 폭력에 '진실'이 어떻게 왜곡되고 유배되는지를 청소년들의 생생한 세태 묘사와 치밀한 구성을 바탕으로 보여 준다.
★ 네이버 북리펀드 선정도서 ★ 학교도서관저널 추천도서

37. 열네 살, 비밀과 거짓말 김진영 지음

습관적인 도둑질에 빠져들면서 비밀과 거짓말이 늘어나게 된 평범한 열네 살 소녀 하리가 다시 삶의 진실을 찾아가는 성장소설.

★ 한국간행물윤리위원회 청소년 권장도서　★ 문화체육관광부 우수교양도서

38. 허황옥, 가야를 품다 김정 지음

먼 바다를 건너 가야로 온 인도 아유타국 공주 허황옥의 삶을 조명하면서, 철을 바탕으로 국제 무역의 중심지로 자리했던 가야의 역사를 생생히 전하는 역사소설이다.

★ 네이버 북리펀드 선정도서　★ 대한출판문화협회 올해의 청소년도서

39. 외톨이 김인해 외 지음

요즘 청소년들의 왜곡된 삶과 고민을 가감 없이 보여 주며, 그들의 정서적 긴장감과 내면적 따뜻함을 동시에 그리고 있는 세 편의 단편소설이 실려 있다.

★ 제8회 푸른문학상 수상작　★ 국립어린이청소년도서관 사서 추천도서

40. 그래도 괜찮아 안오일 지음

현실의 부정과 좌절에 길항하는 청소년들의 고민을 진정성 있게 담아낸 청소년시집. 청소년들이 지닌 '생기'를 유감없이 보여 주며 긍정과 희망의 메시지를 전한다.

★ 한국간행물윤리위원회 우수청소년저작 당선작　★ 한국문화예술위원회 우수문학도서

41. 소희의 방 이금이 지음

이금이 작가의 대표작 『너도 하늘말나리야』의 후속작. 달밭마을을 떠나 재혼한 친엄마와 재회해 새 가족의 일원이 된 열다섯 소희의 욕망과 아픔을 다룬 성장소설이다.

★ 한국문화예술위원회 우수문학도서　★ 한겨레·예스24 선정 청소년책 30선

42. 조생의 사랑 김현화 지음

조선시대를 배경으로 청년 '조생'이 청나라에 파견되는 연행사로 길을 떠나 사랑과 우정, 정의, 신념 등 삶의 진리를 깨달아가는 과정을 그린 청소년 역사소설.

★ 서울시교육청 남산도서관 사서 추천도서　★ 〈아침햇살〉 선정 좋은 청소년책

43. 아버지, 나의 아버지 최유정 지음

위탁가정에 맡겨진 열여섯 살 연수가 자신의 친아버지를 찾아 떠나는 여정을 통해 진정한 자아 정체성을 확립해 가는 과정을 밀도 있게 그렸다.

★ 한국문화예술위원회 우수문학도서　★ 〈아침햇살〉 선정 좋은 청소년책

44. 타임 가디언 백은영 지음

타임 슬립이라는 장치를 통해 개인과 사회에서 일어나는 현실의 문제들을 조명하는 본격 청소년 SF소설. 시공간을 뛰어넘는 구성과 예측할 수 없는 독특한 상상력을 맛볼 수 있다.

★ 〈아침햇살〉 선정 좋은 청소년책

45. 분청, 꿈을 빚다 신현수 지음

고려 최고의 사기장의 아들인 강뫼가 왜구 침입과 왕조의 변혁 등 극한 시대 상황 속에서 분청사기를 만들기까지의 과정을 흡인력 있게 그린 역사소설.

★ 대한출판문화협회 올해의 청소년도서　★ 아침독서 청소년 추천도서

46. 방울새는 울지 않는다 박윤규 지음

5·18이라는 역사적 사건을 배경으로 그려지는 명창 소녀 '방울'과 고수 '민혁'의 안타까운 사랑 이야기. 슬픈 현대사를 정면으로 바라보고 올바르게 판단할 수 있는 용기를 준다.
★ 학교도서관저널 추천도서 ★ 한국문화예술위원회 우수문학도서

47. 악어에게 물린 날 이장근 지음

현직 중학교 교사인 시인이 청소년과 함께 호흡하면서 체험한 담백하고 직설적인 언어가 공감을 불러온다. 청소년들 질풍노도가 마음껏 활개 칠 수 있도록 기운을 북돋는 청소년시집.
★ 책따세 추천도서 ★ 대한출판문화협회 올해의 청소년도서 ★ 어린이도서연구회 권장도서

48. 찢어, Jean 문부일 지음

아르바이트, 집단 따돌림 등 청소년들이 공감할 수 있는 일곱 편의 이야기가 담겼다. 현실에 갇혀 사는 청소년들의 일탈을 유쾌하면서도 진정성 있게 담았다.
★ 아침독서 청소년 추천도서 ★ 한국문화예술위원회 우수문학도서

49. 불량한 주스 가게 유하순 외 지음

실수와 시행착오를 반복하다가 돌연 성장의 분기점을 지나는 청소년들의 '오늘'을 포착했다. 좌절과 반성의 언어조차 싱그러운 청소년들을 응원하게 만드는 네 편의 단편소설 모음.
★ 제9회 푸른문학상 수상작 ★ 아침독서 청소년 추천도서 ★ 네이버 북리펀드 선정도서

50. 신기루 이금이 지음

엄마와 엄마 친구들과 함께 몽골 사막 여행을 떠난 열다섯 다인이가 보낸 6일간의 여정을 통해 또 다른 생명의 고리로 순환되는 모녀 관계에 대한 고찰을 여행기 형식으로 그렸다.
★ 네이버 북리펀드 선정도서 ★ 서울시립어린이도서관 추천도서

51. 우리들의 매미 같은 여름 한 결 지음

섭식장애를 앓고 있는 모녀, 성추행, 보이콧 등 청소년들이 겪는 지독하게 뜨겁고 아픈 이야기가 담겨 있다. 청소년들이 자신 그리고 세상과 화해하는 여정을 솔직담백하게 그렸다.
★ 한국문화예술위원회 우수문학도서 ★ 네이버 북리펀드 선정도서

52. 모래시계가 된 위안부 할머니 이규희 지음

일본군 위안부로 끌려가 꽃다운 처녀 시절을 유린당한 황금주 할머니의 실제 이야기를 김은비라는 소녀의 이야기와 엮어 액자 형식으로 쓴 소설로, 일본어로도 번역 출간되었다.
★ 국제펜문학상 수상작 ★ 학교도서관저널 추천도서 ★ 경기도교육청 추천도서

53. 까레이스키, 끝없는 방랑 문영숙 지음

소련의 강제 이주 정책으로 시베리아 횡단 열차를 탔던 17만여 명의 까레이스키들의 고난과 역경, 도전과 설움을 절절하게 그린 역사소설이다.
★ 한국문화예술위원회 우수문학도서 ★ 아침독서 청소년 추천도서 ★ 한우리가 선정한 좋은 책

54. 나는 랄라랜드로 간다 김영리 지음

기면증을 앓는 소년과 그의 가족이 게스트하우스를 사수하기 위해 펼치는 소동을 재기 발랄하게 그렸다. 절망 속에서도 웃으며 싸울 줄 아는 청춘의 싱그러운 맨얼굴이 돋보인다.
★ 제10회 푸른문학상 수상작 ★ 아침독서 청소년 추천도서 ★ 한국문화예술위원회 우수문학도서

55. 열다섯, 비밀의 방 장미 외 지음

영혼의 도플갱어를 찾아 헤매는 외로운 청소년의 자화상이 네 편의 단편소설 속에 어우러져 있다. 청소년들의 내면의 목소리들이 조화롭게 어우러져 다양한 빛깔의 공명음을 들려준다.
★제10회 푸른문학상 수상작 ★경기도학교도서관사서협의회 추천도서

56. 눈썹 천주하 지음

암에 걸려 1년 4개월 동안 치료를 받던 열일곱 살 소녀가 일상으로 돌아온 뒤의 이야기를 담고 있다. 가족과 친구, 일상이 얼마나 가치 있는 것인지를 새삼 깨우쳐 준다.
★국립어린이청소년도서관 사서 추천도서 ★한국문화예술위원회 우수문학도서

57. 나는 지금 꽃이다 이장근 지음

청소년들의 삶을 제대로 들여다보고 마음을 헤아리는 시 창작 과정을 통해 나온 본격적인 청소년을 위한 시로, 삶이 점점 피폐해지고 있는 청소년들의 마음을 어루만져 준다.
★제8회 푸른문학상 수상작가 ★경기도학교도서관사서협의회 추천도서 ★학교도서관저널 추천도서

58. 우리들의 사춘기 김인해 지음

겉으로 잘 드러나지 않는 소년들의 감성을 날카롭게 포착하여 진솔하고 강렬하게 그려낸 '소년들을 위한' 소설집. 표제작을 비롯한 여섯 편의 단편청소년소설을 담고 있다.
★제8회 푸른문학상 수상작가 ★국립어린이청소년도서관 사서 추천도서

59. 여우 소녀 미랑 김자환 지음

조선시대 임진왜란 발발 즈음의 여수 지방을 배경으로, 구미호에게 아버지를 잃은 묘남과 구미호의 딸 여우 소녀 미랑의 애틋한 사랑 이야기를 담고 있다.
★새벗문학상 수상작가

60. 얼음이 빛나는 순간 이금이 지음

아이와 어른의 경계에서 몸살을 앓던 두 소년이 5년 뒤 전혀 다른 풍경을 띠게 된 각자의 삶을 응시한다. 우연으로 시작해 선택으로 이루어지는 인생의 내밀한 진실을 담았다.
★윤석중문학상 수상작가 ★학교도서관저널 추천도서

＊〈푸른도서관〉 시리즈는 계속 나옵니다!